U0104227

薇紫孿紅稿
臺北研修年假雜詠

陳煒舜　著

縟采以緣情

　　二〇一八年八月陳煒舜教授學術休假赴臺灣訪問研究。二〇一九年八月賦歸後，將年來南北逡巡吟咏，輯為《薇紫孌紅稿》付梓。筆者謬承雅囑，為撰弁言，欣然允諾，謹略抒讀後所感。全稿含詩、詞、曲、詩鐘、對聯、韻語、西文詩歌中譯等作品凡二百餘首，雖以短篇為主，而眾體兼備，格調清麗，情志交感，辭采芊綿。蓋作者深於《詩》、《騷》，復博覽中西，有以致之。就其題材而言，類皆生活、讀書、師友、見聞之所遇所感，其特色可得而言者三：

　　作者觸類取材甚廣，經史典籍，中西韻文，不拘一格，或以七律莊嚴之體而打油，或以小令散曲述志而諷喻，或以閒適詩鐘記敍民俗風貌，或譯西洋劇曲為韻語儷辭，活潑之中，不失淵雅，如「五花細噬得黃金」句，取材《易經》，渾融天成。一也。

　　作者熟諳各地方音，而因成長於香江，常以粵諺及英語入詩，遣詞用字，能近取譬，貼合生活人事，如「懶骨休言GRF，壯心都付WIP」。至於「典籍從來無句真」之「無」字、「熟讀何須驚撞鬼」之「撞」字、「何必旁人嚟做枚」之「枚」字以粵語上聲誦讀，能得方言情味，真所謂「雅俗聲腔難軒輊」。二也。

　　作者嫻熟中西故典，並及多國語言，故全稿有多首歐洲戲曲及哈薩克民歌歌詞中譯，迻譯能得辭意之精，不啻二度創作，如譯 "la gradisca" 為「悉隨君便」，雖不免誇飾，但落實於劇情，尤見妥帖，其餘以 "Foxtrot" 與 "Wolfgang" 為對仗，譯 "Hello Kitty" 貓為「揭

諦貓」，以「刁時」譯 "deuce" 等等，野趣橫出，人所難能。三也。

詩道廣闊，造境多方，作者極貌以寫物，窮力而追新，雅俗共賞，新舊並陳，雖無小雅怨悱之惻，固有茂先博物之盛。師友唱酬，尤士林之雅事，其足傳後世無疑矣。

筆者與作者相識近二十年，彼此學業事業根基，關在臺港兩地，故於其感懷述舊，師友往還，所知尤深。諸作記述寶島南北各大專院校師長，多為筆者舊識，宏一師、永義師更為筆者業師，因緣殊非泛泛。至於「饕飧相繼中全會」所記早歲每週三中午，部分適逢下課之中文系老師相約餐敘之往事，非親歷者不能知。若干師長如達生師、朋齋師仙遊久闊，於筆者而言，不免傷懷。今得煒舜兄大稿，奉讀再三，神遊往事，情難掩抑，謹錄五律一首，爰用自解，並與兄共勉云爾。詩曰：

執手憑高會，析言異鷇音。不隨人俯仰，難與俗浮沈。
縟采辭稱貴，緣情味始深。論文千載下，慎莫棄初心。

鄭吉雄謹序
二〇二〇年八月廿四日庚子處暑後二日於香港寓廬

▲與鄭吉雄教授合影

推薦序
滄溟餘音・民國詩心

　　辛波絲卡（W. Szymborska）在她獲得諾貝爾文學獎的講詞〈詩人與世界〉曾提到：「偉大科學家的電影版傳記相繼問世，並非偶然。越來越多野心勃勃的導演企圖忠實地再現重要的科學發現或傑作的誕生的創造過程，而且也的確能幾分成功地刻畫出投注於科學上的心血。……講述畫家故事的影片可以拍得頗具可看性，因為影片再現一幅名作形成的每個階段，從第一筆畫下的鉛筆線條，到最後一筆塗上的油彩。音樂則瀰漫於講述作曲家故事的影片中：最初在音樂家耳邊響起的幾小節旋律，最後會演變成交響曲形式的成熟作品。……而詩人是最糟糕的；他們的作品完全不適合以影像呈現。某個人端坐桌前或躺靠沙發上，靜止不動地盯著牆壁或天花板看；這個人偶爾提筆寫個七行，卻又在十五分鐘之後刪掉其中一行；然後另一個小時過去了，什麼事也沒發生……誰會有耐心觀賞這樣的影片？」辛波絲卡所言雖不無自我調侃，倒也顯示了藝術創作者的生活型態難以具體言宣。學者的生活也有類似的景況，一般人有見於學者的文化資本與職業聲望，對其生活多少有些美化的想像，甚或仰望，透過日記似乎可以窺見書寫者之面貌。煒舜自香港前往臺北移地研修一年，以文為記，以詩為誌，逐日書寫，發表於臉書，是生活的紀實與寫照；以詩記事，日記與舊體詩對照，別具文人才子的觀照。目次以年月為標誌，綜而觀之，可見其交遊、論學，亦可見其性情與思想；應和之作，並附上其他教授之原玉，自可照見文人學者之心靈圖像。整編成

書，除了呈現其個人研究視野的形成，亦可看見某種情懷，關於城市，時代與人物，關於他的民國詩心。

是書之作，一如曾永義老師所言：「平日可多作詩，以誌人生軌跡。」或即景賦詩，同題共作；叨叨令的爽利，詩鐘的沉著端毅，詞的深婉嫵媚，舊體詩與時代聲響的交融，讓日常生活的節奏也有了歷史的縱深。雖說臉書為選擇性的記憶，全書讀來，不免看出煒舜之生活動態及研究關懷。他的歷史之眼與惜舊深情，讓學術研究與論學不僅是論文之成果產出，而有人文的溫度，從煒舜對中學母校香港拔萃男書院校史之用心可見一斑。

我曾於泰順街的「暖時光」聽煒舜談拔萃校史，增長知識之外，也對香港城市文化有了新的想像。我以為，除了個人的中學情懷之外，亦是從教育的角度為香港立史。在書中多處可見與拔萃相關的講演、著作以及反覆討論、磋商的歷程，如他自言「校史因緣廿五秋」，「女仔館」、「混血兒」等論述，即是運用「打電動」（煒舜對寫論文的代稱）之餘所撰（案：「持續寫作則從二○○四年開始」）。煒舜特別在「三月二十五日」日記寫著：「中學校史的興趣的確始於一種情懷，但在研究場域浸淫久了，卻會更客觀、更抽離。」有言：「身業、口業、意業，終非正業仍需務；紀文、傳文、表文，泰半雜文都待勘。」如其所述：「研究拔萃、皇仁的校史，並非只如『中學雞』一般，滿足那種無謂的虛榮心那麼簡單。」如同這一年赴臺灣各大學講演，對他而言，並非僅是大學教授的服務工作，而別有情感連結。視中央大學與清華大學為其先祖父之母校〔案：「五月十日」：「當年大後方就讀西南聯大（北大、清華、南開所合併者）化學系、中央大學經濟系（時在重慶）〕，至文化大學則尋得詩人王家鴻故居，與佛光大學的宿緣更有了前往澳洲南來大學參加佛教會議的善因緣，與學界之互動涵藏著人間之義理、情理與倫理。

煒舜向來敬重師長，親近耆宿，書中多有與師長談讌之作。或為師長招飲，或為會議後歡聚，品茗論學話家常，如「青菜泡菜，是謂鴛鴦菜；淡湯鹹湯，聊充羅宋湯」，有時是婆婆歲月，悠緩的美感：「百載青韶方值半，一缾紅酒自盈杯」。或拜訪吳師宏一，詩鐘云：「師教傳承全四始，人生憂患解三書」；與潘美月老師之互動，龔鵬程老師、段昌國老師之對話；與周志文老師論樂，與關子尹老師同謁勞思光先生陵墓等等。港臺眾師長同遊酬唱，師友之誼，實為學界佳話。書中與孔德成先生之互動格外有味，既能點出孔先生和煦藹然之一面，也看到煒舜對孔德成老師之追慕。二〇一九年一月適逢孔德成先生百年紀念展，除了書法展之外另有紀錄片的放映，煒舜透過片中的一幀影像言說師生互動，並扣連了臺大、佛光兩校師長情誼。如其所述：「每個細節都歷歷在目，轉眼竟已一紀有奇了。」那是永恆的思懷與顧念。

　　煒舜對於語言極其敏銳，並熟習義大利文、通曉俄文，而執教上庠，對於詩歌教育也有一份使命感，因此，此書可說是多語並陳，增添舊體詩的時代魅力。如「兼差挑撻也堪嗟」（挑撻：tutor），「點力從頭成段力，新民到底作遺民。注釋：『點力』者，Powerpoint也。『段力』者，每頁投影片內容過多，竟成powerparagraph也。」「比干心已盡，Shakespeare事猶訛。Foxtrot狐疑少，Wolfgang狼藉多。」又有「無情對」如「靠北抑圖南」、「村姑笑宅男」、「雄起因雌伏」、「吃瓜防割韭」等等加入網路潮語的趣味，附上各詞語之註釋，彷彿為這個時代新語做注，一如他在《思與言‧「文化記憶中的香港」專號導言》所言：「偏惜雅弦都靜默，縱居俗語也光輝」。

　　雖言「自顧才拙，難為大雅之音」，此書之雅趣與才調，時而令人叫絕。融通各種詩體，有譏刺有省思，「通信轉成好基友」，「皮相偏迷歪果仁」──新語詞可入舊體詩，全無違和感；「隔海為鄰莫嗆

蝦，視天如夢須裝蒜」——以庶民俚語對應社會議題；修訂個人著作《被誤認的老照片》則云：「舊圖未必成真相，新學安能辨偽經」。再如「風雅傳承」研討會後所做之叨叨令：「任他是王國、帝國、民國、黨國還不就秒秒分分的過。任他是古體、近體、新體、舊體怨不得仄仄平平的錯」，又何其帥氣。更以網路流傳之詩為例論拗救之法：「清明時節雨紛紛，日日開工覺頭暈。適當時間抖一陣，下星期一再見人。」此則日記如是說：「全詩借古人成句別出機杼，翻斷魂之悲為休暇之喜，文辭質樸而暢達，音節圓轉而諧和，誠佳作也。」化網路俗語為詩教，亦諧亦莊，令人忍俊不止。

　　詩可任真，亦有古韻，記則寫出事件之細節。有時短文亦有新詩之況味，如「下午三點、冬陽照耀的臺北天空，出現一片月色，彷彿一塊將要融化在薄荷酒中的冰塊。」詩則云：「天光薄荷酒，滄浪酌冰壺。」這是記與詩對讀的韻味，如書名「雜詠」，不也是某種多元與包容性？

　　煒舜具備寫作意識，食物過敏、膝傷、臨停險遭拖車，甚至網路心理測驗等皆為詩料，時事如法國暴動、老布希葬禮、日本更動年號「令和」等自成題材，甚至「二百五」、「十三點」之俗語皆可成詩。詩作中標誌地名，也是另一種「接地氣」的方式，如「泊車月照**鳳山**崗，何處盤飧莫宰羊」、「依稀風物曾相識，**林美**方諳別有村」、「中臺風雅親**沙鹿**，南閩喉唇說粉鳳」。而煒舜之音樂造詣實深，書中除了論及古典樂曲、電影配樂，翻譯哈薩克民歌，前往澳洲行旅，放歌八首，有詩為據，更是卷舒風雲，音聲迴盪。

　　然而，令我最有感的，其實是歷史記憶與時代精神的碰撞。如於新亞書院見「一九六五年錢穆先生所植垂柳業已萎絕」有詩，於香港中文大學廣場地上散落之道林紙，上有于右任像，擔心遭踐踏，隨手拾起，而有「轉型重認家還國，完璧猶追夏與殷」之詩句。或在街

上撿到一面略帶泥污的國旗，清洗之後掛曬，適逢臺灣選舉之日，而有「法理上不關我事，精神上卻關我事」之語。這些細節，都看出煒舜對於傳統文化的涵容，或說文化記憶之敬重，不僅為了研究成果之表現，已然內化成生命之實踐。

只要是日記難免自我揭露，臉書其實也有自傳性色彩，「心事中年慣皺眉」，自陳「似愚若怯，唯其居弱」，自嘲「咖啡莫上Wifi網，新事成堆又待清」，「正業從來稱不務」，煒舜向來低調，這些自我敘述其實都隱身於一隅，非刻意為文，更顯真實。或題舊照：「二十年都成一瞬，大千夢豈愧三更」、「試問幾人能大度，未成一事到中年」，此種時間的蒼茫感，於重返佛光大學之際，最能見出。詩云：「碧滄層疊繞龜山，十五年來俯仰間。往事渾如斜月影，於無人處最闌干。」

五月十一日有云：「偶然在網上看到一九八六、八七年 Jaclyn Smith 為蜜絲佛陀拍的兩段廣告，驟覺自己的淚點原來很低。」有言：「回顧這三十年，欲說還休。若強欲標示，也許我會選用『歷劫』二字吧。」小令：「無量恆沙誰惜得，一掬青春。」我曾戲稱煒舜為民國美少年（美者，美豐儀也。），而煒舜實為老靈魂。縱橫於老電影（書中言電影，如費里尼《八又二分之一》）、古典音樂（巴赫、韓德爾）、時代曲，以及傳統舊詩詞之間，此書不啻為鏡像，折射其光源所在。有趣的是，記寫生活之中，煒舜也表述了自己研究的傾向，自言：「素來有點『人棄我取』的情緒，而對清史、滿文，乃至滿族信奉的薩滿教充滿興趣。」「自幼對儒將有一份『Fancy』」，雖稱自己的著作為：「善哉禍棗賦災梨，口水文章未足奇」，自評：「總難焦點推詩賦，最逆潮流是帝王。政治深知不正確，性情偏恨太乖張。」（《晚明話本帝王故事新考》）「六月三十日」之賦詩倒可總括其研究面向：「舊體徒居前現代，新生自視後遺民。」

　　日記成書的好處之一即是看見個人思考的軌跡，並扣連事件發展的脈絡。煒舜前往青島開會，趁空閒參覽，發現以段祺瑞字號命名之芝泉路。段祺瑞長期被視為反面人物，沒有以其命名的建築；造訪湛山寺，亦與段氏相關。冥冥中似在催促其年度計畫書稿之作，而今《段祺瑞正道居詩文註解》已成，翻讀前後二則短文，不覺會心。曾言拉赫曼尼諾夫為富於才華的「過時者」，有言：「去年在青島坐地鐵二號線，發現五四廣場站下一站竟是芝泉路站，而芝泉路在湛山寺前，係紀念段祺瑞一九三〇年代捐貲修廟而命名。世人心目中最先進與最保守者，只是相差一站爾。」在價值變動快速，各種資訊如閃電快速來去的今日，引領風騷者轉瞬可為陳跡，洛陽紙貴者旦夕化為塵埃，回看民國風雲，能不感慨？有意思的是，日記中寫及「夢中，與外婆聽白光演唱〈桃李爭春〉。小令〈卜算子〉「夢裡分明桃李花，開落誰為宰」，或者這個夢境就是他書寫時代曲的行動力，除了二〇一八年底至二〇一九年初連續寫了六十二首七絕，各附文一篇，《時代曲紀夢詩》之成書也是水到渠成之事。畢竟，寫舊體詩對煒舜而言，已經是生活的呼吸與節奏，是療癒，也是一種堅持。

　　在臺灣這一年，煒舜持續在學術領域精進，成果斐然。撰文、校對書稿、演講、發表，幾無停歇。然而，畢竟生活在他方，與家居香港之生活韻律自是有別。我以為最大的差異是生活感，臺北雖是擁擠之城，然而城南的人文氣韻，城中的古意、城北之舒緩，多能給予異地遊人療癒之力。此書寫歲時，觀槿花有文有詩，見落花則填「蝶戀花」：「閒倚闌干雲縹緲。人在青春，懶辨分和秒」，拾葉一枚，則云「經脈縱橫似舊箋，且翩躚。」看電影則有「陰晴自顧光和影，營役且隨昏復晨」。「日華與月華，縵凝碧虛」，對季節之感知格外敏銳。生活細節入詩，本是文人本色，然而這也顯示了他在臺北生活的舒放與自在。我思忖，是否香港引發了他的詩心，臺北安頓了他的詩

想呢（抑或，雙城其實是互文）？

「歷歷諸賢憶座次」，今年五月閒步泰順街，赫然發現煒舜提及的週二夜食黨之聚會場所已成理髮廳，果真是「幾多風雨渾難據」，令人不勝感慨！「珍重朝晴和暮雨，難忘一一來時路」，幸有煒舜此書，留下了時代的身影。當前COVID-19疫情仍在全球延燒，讀其兩地往返之文字：「臺北返港途中，正值黃昏，就讓班機一直這樣勻速飛去，就讓時間在窗外的黃昏中凝固」，疫病侵襲的時代，此種詩意已然封印。自臺北返港為「雙翼流金銷暮雨」，從香港飛往臺北則云「碧琉璃色穿雲下」，臺北與香港之間，目前的阻隔何止是新冠肺炎呢？「闔眼一年，開眼一夢」，唉，當時只道是尋常。

「漫說詩詞能載道」，這是一本交錯記憶與歷史、任俠與思辨，歌聲與詩吟，有考據有性情，有感懷有自勵的人間之書。如同煒舜所述：「每個人的少年時期都不可複製」，這也是個不可複製的研修年假。生命的每一個過往透過舊體詩匯聚成當下的自我，如其詩作：「字裡人間般若在」，「滄溟一缽有餘音」。

范宜如　於臺師大國文系
二〇二〇年八月二十八日

▲與范宜如教授合影

絲路花雨

「絕域地欲盡，孤城天遂窮。」——岑參在〈安西館中思長安〉詩中如此描述新疆天山南路、塔里木盆地的風景。二〇一二年八月，陳煒舜教授與我都參加了新疆師範大學召開的「中國唐代文學學會第十六屆年會」。年會結束後，一起去天山南路考察，我們就是在「絕域地欲盡，孤城天遂窮」這種絕境中訂交的。在庫車的克孜爾千佛洞，我們親眼看到了伎樂天、胡旋舞、飛天等壁畫。在途經塔里木盆地的麵包車上，煒舜教授還應邀為文學研究的同行們高歌〈塔里木夜曲〉這支新疆民謠。壁畫上千年不脫色的青金石、煒舜兄的最佳美聲，都是令人難忘的。

此後，煒舜教授一直予我以無微不至的關懷。每次香港中文大學舉辦研討會，我都會獲邀來作報告。有一次聆聽煒舜兄宣讀與胡蘭成有關的高論時，我忽然有了一個念頭——我應當邀請煒舜兄來日本一遊才是。胡蘭成在後半生客寓日本，與川端康成、保田與重郎等文人有過深交。可與胡蘭成相比美的才子煒舜兄，倘若觸目日本美景，一定會詠出玉篇瑤章來。

我的夢想終於實現了。二〇一九年四月，煒舜兄利用研修假期的寬餘，從臺北乘機光臨日本。十二日，於關西大學東西學術研究所作演講，題為〈文選騷類研究資料概況〉。煒舜教授為廿一世紀傑出的楚辭學者，二〇一五年起作為《文選資料彙編·騷類卷》主編，推動這部書籍的編輯工作。關西大學的師生們蒙受煒舜教授在這方面的

指教,頗有啟發。

　　演講結束後,煒舜教授隨我一起去奈良旅遊。此次訪日之行已於大作《薇紫欒紅稿·臺北研修年假雜詠》中有所詳述,未敢贅言,但仍有一事值得一道:參觀奈良的法隆寺時,煒舜兄凝視著《百萬塔陀羅尼》,不勝感慨。──當然不僅僅如此,特別是我們還參觀了法隆寺金堂壁畫,看到壁畫中竟有飛天。

　　飛天──空中飛舞的佛教神──,我們兩人既一起在庫車千佛洞裡看到過,又聯袂在日本奈良法隆寺裡重見。有人說日本奈良是絲綢之路的終點,因此,煒舜兄可謂沿著絲綢之路周遊了東亞世界。而我能陪同煒舜兄一起走過這條道路,感到非常榮幸。故藉此命筆之機,敬祝煒舜兄的文學道路峨峨洋洋!

長谷部 剛　謹識於關西大學

令和二年八月三十日

▲與長谷部 剛教授合影

▍目次 ▍

001 　推薦序　縟采以緣情　　　　　　　鄭吉雄

003 　推薦序　滄溟餘音・民國詩心　　　范宜如

011 　推薦序　絲路花雨　　　　　　　　長谷部 剛

二〇一八

001 　八月

013 　九月

018 　十月

027 　十一月

044 　十二月

二〇一九

069 　一月

084 　二月

093 　三月

102 　四月

121 　五月

132 　六月

141 　七月

164 　八月

167 　跋語　夢也何嘗有町畦

八月一日

〈西江月〉小令作偈題大葉紫薇一首：

今歲幾多風雨，無端自夏徂秋。
晴光滿樹豁人眸。
姹紫依然時候。

歸宿終隨新壤，生涯不繫扁舟。
一花六葉總輪流。
莫問此身誰有。

八月二日

　　港大招璞君教授（Prof. Patricia Chiu）分享舊照一張，乃是一八九五年飛利女校（協恩中學前身）的混血女生與老師的合影。飛利女校於一八八〇年由莊思端女士（Ms. Margaret Johnstone）創辦，以收錄貧苦華人女生為主，其後也兼收少數混血女生。

　　十九世紀的港英政府極不鼓勵華洋通婚，第一代混血兒大抵都是非婚生子女。在英人看來，混血兒就是道德敗壞、血統混亂的「真憑實據」，而混血女生的遭遇尤為悲慘。莊思端兼收混血女生的主張，也受到政府和教會的反對，他們認為：混血女生的母親多為「墮落婦女」，她們在如此環境成長起來，道德操守也未必佳；如果和華人女生做同學，只會把後者帶壞。因此，政府和教會傾向讓混血女生和洋人一起接受教育，得到強勢的西方文化「感化」。

　　非常有趣、也理所當然的是，政府和教會認為不同種族的男生

一起接受教育不成問題，女生卻不可。因此，飛利這兩批女生即便在同一屋簷下，卻也分開受教：樓下的華人女生（downstairs girls）接受中文教育，樓上的混血女生（upstairs girls）接受英文教育。

而一八六九年創立的拔萃書室，在以男生為主體的基礎上，一直設有女生部，收錄少量混血及歐籍女生，也是此意──當然，政府和教會更希望在條件許可的情況下，專為混血女生開設一所學校。

一八九二年，拔萃書室徹底轉化為男校，女生全部移至飛利女校。八年後的一九〇〇年，拔萃女書院成立，專收混血與歐籍學生，不開設中文課（直至一九三九年才把中文科設為必修）。那一年，飛利把二十四名混血女生轉到女拔萃，成為這所新學校的學生主體。

看到這張一八九五年的照片，不由想到：這些女生中有幾人是三年前從拔萃書室轉來的？又有幾人還會等到五年後，轉到女拔萃去？試謅七律一首曰：

> 百花開後亦隨風。一段芳春誰更同。
> 乍見鴉雛驚鬢色，幾聞鶯喊度腸衷。
> 此身安處夷耶夏，他歲難憑去與從。
> 莫說了無消息在，石榴裙衩夜深縫。

八月二日

終於找到 Lina Wertmüller 為費里尼電影《想當年》（Amarcord）所配的歌詞，興之所至，試譯為可唱的中文（下一步就應該是把義大利文的原詞記熟了）。

1.

Una nave che va

La sua scia mi trascina

Nell'ipocondria.

Io la guardo passar

一葉扁舟逝去

層層波光牽動思慮

把我帶進愁緒

我且看它遠離

L'infinito avanti a casa mia

Tutto sfuma nell'irrealtà

Nebbia fredda e bianca per la via

C'è l'odore dell'eternità

老宅前的那一片無垠

全都模糊化成了虛清

大街上的煙霧白且冷

那種氣味就叫做永恆

Amarcord la mia malinconia

Le avventure che sognai

Amarcord la voglia di andar via

Rimanendo sempre là

二○一八年八月

我記得我當年的惆悵
滿懷冒險的夢想
我記得我遠走的渴望
它依然留在那廂

2.

L'impossibilità
di poter ricordare
La faccia di lei,
quanta rabbia mi fa

教我如何能夠
把回憶都拋諸腦後
而她的容顏
讓我喜怒悲憂

Ha spento le luci il Grand Hotel
L'orchestrina tace il suo fox-trot
Vorrei ricordarmene perché
Fu così gentile lei con me

大飯店的燈火已熄滅
管弦不再演奏狐步樂
我願記得永遠不忘卻
她和我一起時的歡悅

Amarcord, volevo scappar via

Lei capì e mi fermò

Amarcord con quanta simpatia

M'insegnò a far l'amor

我記得我逃遁的窘狀

她卻讓我留下來

我記得她滿懷著善良

教會我如何去愛

費里尼（Federico Fellini）的電影常帶諷刺味，不過如此味道在《想當年》（Amarcord）中大概最少。片中，費導用自傳體描繪少年時期，勾勒出一派美麗風情。縱是法西斯年代，卻洋溢著溫馨和恬靜——畢竟每個人的少年時期都不可複製。

看過此片，一定難忘 La Gradisca。此姝雖非妙齡，卻身段玲瓏、風韻饒佳，身穿紅大衣來往於大街小巷。「La Gradisca」是外號，意為「悉隨君便」——據說她當年成功引誘義人利儲君春風一度，緊要關頭那句話就是：「Gradisca!」片中燈光前暗後絢，旋律甜美可親，令人如在夢幻；而那帶著酒意的老侍衛，先向儲君面授機宜，然後如貓般乖巧地離去，更令人忍俊不禁……在高超的敘事下，「流言蜚語」也可以如童話般動人。La Gradisca 深受鎮民喜愛的原因，不僅在於她的美貌，而更是這一度「春風」：因為自此以後，政府才答應撥款重建小鎮的港口，促進了經濟繁榮。

La Gradisca 以髮型師為業，是時髦一族。然而從這個片段中，還是可以看到她淳樸的一面：她本想快速把外衣脫下，但轉念一想，必須要實施些誘惑，於是有了眨眼放電、咬項鏈、擺 pose 等環節；

脫下外衣後，不好意思長時間暴露，於是急急忙忙躲進被窩；當她說「Signore Principe, gradisca」時，是緊張而靦腆的。這全劇中的唯一對白，竟把對方稱為「王子先生」而非慣用的「殿下」（Vostra Altezza），也足見其涉世未深。這些細節做得非常有味道。儘管這個片段中的 La Gradisca 是在他人的敘述中出現的，卻頗能呈露出她的純真本性，或者說是費里尼所緬懷的故鄉 Rimini 在戰前的醇厚民風。有感打油一首。

> 傾城傾國仲傾巢。全鎮見親都發酵。
> 提子話酸即尤物，天公作惡亦同胞。
> 邊曾同你拋生藕，硬要監渠食死貓。
> 睇下美人關口過，幾多道學現膿包。

八月三日

看過費里尼的《八部半》（Otto e Mezzo），一定不會忘記 Saraghina——那個肥胖醜陋、索居海灘的蕩婦。她是男主角 Guido 童年時的女神，只要在她手中放一個銅板，就會跳起倫巴熱舞。

我想沒有觀眾敢恭維其長相，也不覺得舞姿有多曼妙。她一笑，眼光在邋遢的面部顯得尤為閃亮，令人不寒而慄；她跳舞時，一群小鬼頭跟著拍手，其中一個竟自我掌嘴，可見那是一種犯罪的快樂：難怪教會斥她為魔鬼。然而，當她把 Guido 高高舉起，驟然間竟洋溢出世俗的暖意……

Guido 雖因此在校飽受教訓折辱，後來卻仍回到海灘。彼時 Saraghina 正哼著那倫巴旋律，仿如賽壬女妖，而從前的熱烈器樂此際變成了抒情嗓音。那溫存，與教士頑固笨拙、學長故作正派、母親

拒人千里的冰冷何啻天壤！Guido 舉帽致意，她卻用與形象不符的柔美說了聲「Ciao!」義大利文中，「Ciao」既是 Hi 又是 Bye。Saraghina 要說什麼？是向 Guido 告別，還是在歡迎他啟蒙時代的到來？

> 投幣倫巴確不同。粗衣亂髮似飛蓬。
> 難為神父疊羅漢，任得師兄裝玉童。
> 魔曲眼前應掌嘴，聖靈腦後莫捶胸。
> 但丁當日遊冥府，第幾層溝有教宗？

八月四日

昨天下午與一位內蒙古的朋友見面，談起兒時學過的鄂爾多斯民歌〈森吉德瑪〉，友人邀我唱一下，幸好還未忘記漢語歌詞。

歌詞講述蒙族少女森吉德瑪被父母遠嫁天邊，初戀情人千辛萬苦找到她後，不能相見，最後雙雙殉情的故事。森吉德瑪 Sangye Drolma 雖是蒙族女子之名，卻來自藏文，即佛度母之意。當年賀綠汀先生改編此曲時，不翻譯為柔結卓瑪，大概是怕聽眾產生誤會之故吧。

記得二〇〇五年到內蒙古包頭參加楚辭會議，有天晚上隨維樑老師夫婦吃燒烤，邀來蒙族藝人表演。先是一位馬頭琴師，演奏〈萬馬奔騰〉，技藝超群。曲畢，進來一位長相酷似騰格爾的歌手，名叫旺登。他木訥地問我們要唱什麼，我馬上請求以蒙語演唱〈森吉德瑪〉。他不假思索地就唱了起來，令人慷慨低回。

今天早上，無意間看到騰格爾演唱蒙漢雙語版的〈森吉德瑪〉。的確，這種兼具粗獷與細膩、滄桑與純真的語言，足以令任何一個不懂一字者愴然涕下。我想，是時候好好學一學這首歌的蒙語原文了。

諷七古一首曰：

八白室下聖武陵。鄂爾多斯草色青。
秋日欲落暮山紫，胡楊影綽接地平。
離騷論罷天尚碧，乳漿滿罕蕙藉蒸。
有酒無歌奈長夜，故遣主人訪樂伶。
須臾一人抱琴至，銀綢褂襖稱身輕。
長弓撚撥雙弦動，幽燕老將氣橫行。
壙埌之鄉過野馬，鐵蹄所向起雷霆。
燦如群曜疾如雨，黃沙捲地白雪晶。
戛然若止猶未止，弓弦踟躕闃無聲。
披闥忽見歌者入，訥然一諾見惆誠。
藍衣皮弁靴粉底，鬍鬚絡腮丹鳳睛。
國字顏容身玉立，薛禪皇帝作前生。
我問古歌佛度母，森吉德瑪是舊名。
桂枝誰教皓月色，芳心只共湖水澄。
侯門深如迷渡海，相覓策馬夢長縈。
人生富貴何所望，東家王昌總無憑。
輕唇重齒歌娓娓，高聲低調恨盈盈。
慷慨四顧幾拔劍，侘傺低迴意欲冰。
我心不知焉所往，依稀歌者字旺登。
此後多少繁霜夜，歸去無寐待遲明。
一十三年等閒度，風塵骯髒默簫笙。
今朝驟聞騰格爾，唇齒聲調皆似曾。
馬頭琴弦最無賴，涕泗滂沱若為情。
世間安得佛度母，六字明咒空勞形。

八月五日

去年七月接受母校拔萃男書院年刊《集思》（Steps）訪問，今年終於刊出。七律打油曰：

> 校史因緣廿五秋。飄搖所幸有孤舟。
> 院科眼底早出界，泰斗心中難入流。
> 治史枝微學當下，行文宏大待從頭。
> 多歧未卜身安喪，若論是非參美歐。

八月七日

神話課程教了很多年，但在香港刊登神話學論文，還是頭一遭。感恩而謅詩鐘曰：

> 黃帝征誅皆四面，冥靈寒縮也千秋。

八月九日

這兩天清理舊物，發現研究生時在逸夫書院國楙樓當宿舍導師時的值勤表。粵語七律打油一首。

> 歲月終非長命斜。兼差挑撻也堪嗟。
> 簷高簷矮疑巢燕，眼閉眼開知屈蛇。
> 唔厭三餐雙拼飯，太疏半日冇班車。
> 回頭乜事都如夢，只記當年有瓦遮。

註釋

挑撻：tutor

八月十日

舊物中翻出一塊掛牌,碩博士班時一直在宿舍掛著。記得詩人聶紺弩的右派帽子摘下後,常常懷念監獄,說「監獄是學習聖地,監獄裡醫療衛生方便」,還寫過一篇〈懷監獄〉。有感而打油七律一首曰:

> 監獄安非學習處,衛生合格況醫療。
> 千秋為鑒臨斯皿,一己以言逢兩癸。
> 赤子天刑焉可解,黃金地價尚能飆。
> 銅牆鐵壁何需製,天地之間無所逃。

八月十七日

華校教育研討會順利結束,非常感謝新加坡南洋理工大學同仁的招待,以及召集人景毅、李佳教授伉儷的辛勞,謹諉〈叨叨令〉一首,以備舒緩疲勞之用。

> 再相逢獅山、獅城開幾許離離合合的會。
> 再相邀神話、鬼話不由得惶惶惑惑的愧。
> 再相看古代、近代兀的不疲疲沓沓的累。
> 再相比華校、英校更多少風風雨雨的歲。
> 人事物情景觀也麼哥,
> 人事物情景觀也麼哥,
> 再回府大女、小女想必已安安穩穩的睡。

八月廿日

新加坡財神信仰會議，拙文以北天王毗沙門與玄天上帝之關係為題，感謝各位師友的支持鼓勵。詩鐘曰：

終須寡慾修玄武，若論多聞愧北天。

八月廿五日

修改有關袁克權、張伯駒詩詞之論文，小休謅七律一首。

新華夢後幾滄桑。點染翩翩公子裳。
綺宴依然驚往事，悲音無路哭先皇。
鍾山風雨高樓句，瀚海鮫人明月光。
麥秀歌殘何處問，逝波嗚咽對洹漳。

八月廿七日

詩鐘題舊照：

二十年都成一瞬，大千夢豈愧三更。

八月卅日

中學時偶然翻書，對雍正之勤政，以及清代其他君主文化水準之高，印象頗深；因此也對坊間簡單視雍正為暴君、把清朝一概視為

腐朽頗生疑惑（當時二月河那幾部具有「翻案性質」且能影響大眾觀感的小說和I電視劇尚未面世）。我素來有點「人棄我取」的情緒，因而對清史、滿文，乃至滿族信奉的薩滿教一直充滿興趣。

今天清理書籍，發現這些年來蒐集的幾本關於薩滿的書籍；回想起放在迷你倉的，應該還有七八種。但可以說，此道於我而言並非「正業」，因此偌多書籍仍未有時間一一細讀。生有涯而知無涯，在波瀾壯闊且波濤洶湧的學海之上，偶爾聽一聽薩滿靈鼓，也許是一種療癒之法吧！謅七律一首曰：

> 彩羽天冠戴七星。奏刀拊鼓自揚靈。
> 柳枝拂處寒煙紫，雲駕來時瀚海青。
> 一剎霖光知禹步，九重春日憶堯齡。
> 東山未改昔年色，依舊棲飛雙鶴鴒。

八月卅一日

這本拙著——《晚明話本帝王故事新考》，寫寫改改，前後十年，終於付梓。今天才收到樣書。再次感謝各位師友的支持與幫助！七律打油曰：

> 治學微觀便吃香。咖啡試論奶加糖。
> 總難焦點推詩賦，最逆潮流是帝王。
> 政治深知不正確，性情偏恨太乖張。
> 請看何史非家譜，藥石相同只換湯。

九月二日

詩鐘題白菜臘肉炒上海年糕：

　　　千葉乍烹添翠玉，五花細噬得黃金。

九月七日

　　籌辦「風雅傳承」會議，歡迎晚宴舉行前，收到《思與言》季刊紙本。奉車行健老師之命，這期由我承乏主編，兼寫導言。說了一堆外行話，實在汗顏。七律打油曰：

　　　空說主編思與言。根基理論怕追源。
　　　支離記憶皆文化，雅俗聲腔難輕軒。
　　　捱苦聊當全福壽，吃香仍數半唐番。
　　　何情何法休相問，漫舞獅龍作故幡。

九月九日

　　「風雅傳承：第二屆民初以來舊體文學國際學術研討會」順利結束後，邀朴永煥教授、長谷部剛教授、林以衡教授、邱怡瑄博士、張玉博士小酌，戲謔小曲〈叨叨令〉一首。

　　　任他是王國、帝國、民國、黨國還不就秒秒分分的過。
　　　任他是古體、近體、新體、舊體怨不得仄仄平平的錯。
　　　任他是東洋、西洋、南洋、北洋安不可抑抑揚揚的和。

二〇一八年九月

— 013 —

任他是儒教、佛教、耶教、回教學不完活活生生的課。

貫道明道載道害道也麼哥，

貫道明道載道害道也麼哥，

任他是紅酒、白酒、黃酒、清酒且一起盞盞杯杯的涴。

九月廿二日

赴臺北才數日，與范宜如老師相聚。借用范學姐美麗的攝影圖片，在中秋前夕題七絕一首：

> 一花五葉自然成。接萼連跗詫紫荊。
> 濃淡何由著宮粉，最高樓上月方明。

九月廿三日

好久不曾和師丈喝酒，這個秋分之夜很盡興，謝謝潘美月老師的安排！詩鐘曰：

> 大塊文章誰作主，微醺觥斝我非賓。

附記：美月老師常戲稱大魚大肉為「大塊文章」。

九月廿四日

電腦前一坐一整天，深夜出來散步，仰望天空，不知道是月朦朧還是眼朦朧。

這次「電動」不太好打：對於軍事盲的我而言，要把兩位國軍將領的詩寫到一處，難度實在有點大。不過，誰要我自幼對儒將就有一種「fancy」呢——更何況，李則芬將軍那本《虞夫詩集》，還是幾年前無意間淘到的、有作者批點的自留本？詩鐘曰：

　　　　神筆亦曾揮上將，良辰豈必度中秋。

九月廿八日

　　孔誕兼教師節，繼續打「電動」。小休之際回憶一段逸事，聊博一粲。

　　有年臺大「金文選讀」課上，孔德成老師突然說：「我找人去圖書館借了本《新約全書》來。」老師似乎察覺到教室中有同學眼光困惑，笑道：「借了這《新約全書》，我明天要去受洗。」

　　老師大笑幾聲後，接著說：「唉，孔子，現在算個老幾？」然後故意問前排一位女生：「小姐，你說，孔子現在算老幾？」女生滿臉通紅，搖頭不語。

　　老師轉向另一位女生，問相同的問題，回應大同小異。

　　沉默了半分鐘後，老師指著後排的我道：「和尚，你過來！」（老師給我取這個外號，一來我當時在佛光大學工作，二來所謂「外來的和尚會敲鐘」也。）

　　我以為老師有什麼吩咐，立馬走上前。誰知老師還是問：「你說，孔子現在算老幾？」

　　我知道老師耳朵不靈光，於是湊近說：「老二。」

　　老師先是一愣，然後把我一推，失聲笑道：「你去…去…去……！」

等我回到座位，老師說：「好，我們接著講毛公鼎⋯⋯」
七律打油曰：

> 非關鼎鼐誦毛公。師道於今久不同。
> 古往精神都托砵，外來和尚會敲鐘。
> 尼山問汝排第幾，玄圃隨他推近東。
> 子子孫孫安寶用，又聞禮器出岐豐。

九月廿九日

唐山書店陳社長於長春路附近招飲賜書，打油七律一首致意。

> 香花玩具裊晴煙。六福都因禮梵天。
> 試問幾人能大度，未成一事到中年。
> 翻書還為紅糟肉，混世無非綠鏽錢。
> 指路臨歧應拜謝，欲尋妙想且開甌。

九月卅日

途經某商旅，回憶當時卜居，戲謅小令〈蝶戀花〉一首。

舊事知從何處說。
一段芳塵，煙水迷前轍。
剎那晴光明復滅。
翌朝且任飄風烈。

自是人間容易別。
鎮日低眉，不辨環和玦。
縹緲簾紗明似雪，
幾家更剪西窗月。

二〇一八年九月

十月一日

偶讀新聞，川普謂與北韓金氏「相愛」，七律打油一首。

孫曾父祖盡金身。昨歲猶呼火箭人。
通信轉成好基友，窺牆惱煞老鄉鄰。
核心莫爆輕原子，皮相偏迷歪果仁。
舊愛新歡難割捨，梅拉尼亞喜耶嗔。

十月二日

又是大半天的「電動」。偶至華山文創園區「歇眼」，忽然傳來史特勞斯的《春之聲》圓舞曲（Frühlingsstimmen），謅詩鐘曰：

秋濃堪演春之律，雲淡偏憐日正華。

十月四日

曾永義老師招飲，謂平日可多作詩，以誌人生軌跡。自顧才拙，難為大雅之音，仍七律打油一首，聊以獻曝，還望老師休要見笑（見怪）。

欲斟活水問源頭。一霎秋光穿畫樓。
吾黨尚人即兄弟，斯文應物也曹劉。
饗飧相繼中全會，魷罟可吞西半球。
箸底蓴鱸依舊美，桂漿無缺頌金甌。

十月五日

　　與中山師弟造訪業師吳宏一教授，感謝老師賜以鴻作。謅詩鐘曰：

　　　　　詩教傳承全四始，人生憂患解三書。

附記：出句謂《詩經新繹》終於出齊，對句謂《論語》、《老子》、《壇經》合稱「人生三書」。

十月六日

　　一整天參加「張達修工作坊」，收獲滿滿。再次感謝臺大臺文所黃美娥所長和各位老師同學的悉心安排和照料！詩鐘曰：

　　　　　平仄數言存古意，滄溟一缽有餘音。

十月七日

　　下午在書店盤桓時，才陡覺猶未午餐。以拗體作詩鐘曰：

　　　　　心倦中年且拿鐵，腹空半日未培根。

十月八日

拙文〈縱居俗語也光輝：淺談作為通用語的粵語〉乃是根據承乏主編《思與言》第 55 卷第 2 期「文化記憶中的香港」專號導言的部分內容修訂而成，即將刊登於十一月號的《國文天地》。這時刊出，似乎也有點應景。茲錄作結之七律打油一首：

> 七大方言幾式微。難於省府論權威。
> 宮商紛列知音少，混沌早開聞道希。
> 偏惜雅絃都靜默，縱居俗語也光輝。
> 九原欲起諮多士，更誦何聲赴兩闈。

十月十一日

湖南石門逸邇閣書院開幕會議圓滿結束，赴高金平山長家宴。雖然我一向沒有什麼表演欲，但還是被點名唱歌。

二〇一二年，龔鵬程老師命我去新疆特克斯開會，在那裡學會哈薩克語版的〈都達爾與瑪麗亞〉（Дударай，中文版方面，我是小學一年級就會的）。轉眼六年，這次就試試這首吧！附年前自哈薩克原文所譯歌詞：

> 娟彼室女，來自西只。小字末艷，甫及筓只。
> 見此邂逅，號子都只。以心以念，悵何如只。
> 子之都兮，美且鬖只。誕作好逑，其唯天只。（一解）

卜期後會，言秣駒只。曖而不見，野踟躕只。

族類固異，心則同只。夫復何疑，一點通只。

子之都兮，美且鬈只。誕作好述，其唯天只。（二解）

海則有岸，湖有泮只。我似輕裘，貂汝冠只。

惠而好我，載馳驅只。過時不來，他人愉只。

子之都兮，美且鬈只。誕作好述，其唯天只。（三解）

末艷之名，書竹帛只。持剪以衛，更何惜只。

矧遘不弔，矢靡蹷只。生不同衾，死同穸只。

子之都兮，美且鬈只。誕作好述，其唯天只。（四解）

十月十三日

石門會議結束後，與唐山陳隆昊社長自長沙返臺，於湖南上空作詩鐘曰：

湘君蕙帶捐江浦，司命靈裾蔽日光。

十月十四日

前幾年在中大圖書館看到蕭登福老師的《正統道藏提要》，既驚且敬：蕭老師不僅遍讀《道藏》，且憑一己之力完成此項工程，其學養與魄力皆令人欽佩。今天在書店看到此書，一套兩冊臺幣兩千元，想到對自己的神話研究大有助益，不假思索便與其他書籍一起買下。

結帳時盛惠四千多，不以為意。到隔壁咖啡館剛點完餐，才發

現兩冊書的條碼各刷了一次，價錢翻倍。所幸時間尚早，吃完後回到書店，把情況告知店員，店員二話不說解決了此事，還道歉不已，倒令我不好意思起來。謹誌之，以提醒各位買書時注意。粵語打油七律曰：

全書上下兩千蚊。考鏡辨章憑一人。
熟讀何須驚撞鬼，生擒唔放就通神。
吸金巴曲無花假，磅水刁時還果真。
電腦居然攪亂檔，今朝值日也星君。

註釋
巴曲：barcode
刁時：deuce

十月十六日

昨天龔鵬程老師傳來《六十自述》，命我月底前寫成一篇書評。雖然力有不逮，也只好勉為其難，不負期待。

簡單吃了晚餐，正要去咖啡館仔細拜讀，誰知北京中華書局寄來《文選資料彙編·騷類卷》的清樣，希望儘快校對。粗略一看，清樣所據竟然並非最後定稿——然因經費有限，我唯有答應在這個版本的基礎上作校對。想到兩天後就要飛青島，不禁頭痛。

此時，陡覺全身瘙癢不已，不知是否食物過敏（晚餐也不過是一碗滷肉飯和燙青菜，外加一杯青草茶）。強忍回家，開始校對工作，直到今天下午，終於完成初校。頭昏眼花之餘，忽然發現癢意也徹底消失了。七律打油曰：

狂狷景行還楚囚。錙毫豔溢復何求。
銓文銓筆千年事，旋掃旋生一葉秋。
無技全身偏自癢，有閒半晌也難休。
選篇若溯歷代賦，都怪南梁蕭老頭。

十月十七日

　　昨夜夢中，隨外婆一起聽白光演唱〈桃李爭春〉，醒來驚覺老人家去世已快二十年了（她和白光是同一年過世的）。作小令〈卜算子〉一首。

窗外海連天，窗內春如海。
舊曲尊前和淚聽，爭奈朱顏改。

永晝豈吾屯，中夜非吾代。
夢裡分明桃李花，開落誰為宰。

十月十八日

　　機場見 Hello Kitty 班機，謅詩鐘曰：

問津常乏牽盲犬，開路還須揭諦貓。

十月廿日

　　到青島大學講座，時間緊迫。講座結束後，還有半天時間，有

人建議我到五四廣場走一走：一九一九年，巴黎和會決定將德國在山東的權益轉交日本，而非歸還中國，直接引發五四運動；而瀕海的五四廣場，就是為紀念這個歷史事件而建造。青島大學邊的麥島站與五四廣場站皆在地鐵二號線，只有四站路程，非常接近，適合一遊。

進地鐵購票時，發現二號線的終點、也就是五四廣場站的下一站，名為芝泉路站。這令我依稀想起一個很久以前看過的掌故：北洋政要段祺瑞，長期被視為反面人物，現在幾乎完全沒有以其命名的建築，唯一例外是青島的芝泉路：因為用了段氏的表字，文革時方能逃過一劫。我的手機在大陸沒有上網功能，無法進一步查核資料，但這時只有一個念頭：趁著下午秋高氣爽，到芝泉路走走——哪怕那裡什麼都沒有。

出站後，只見芝泉路是一條幽靜而緩緩上坡的弧形路，沿路樹木婆娑，其中有些是新植的臺灣欒樹，正結著紅色的蒴果。我首次來到一座城市，總喜歡隨意逛逛看看，何況此地氛圍不錯。走了大約二十分鐘，看到一塊近兩公尺高的石壁上橫鐫著「阿彌陀佛」四個大金字：原來這裡是湛山寺，「青島十景」之一。詢問寺僧，得知該寺的建造乃是一九三四年由葉恭綽、周叔迦等社會賢達發起。當年，青島市長沈鴻烈無償撥出湛山一帶的土地二十三畝，又邀請段祺瑞和倓虛法師主持建造。下野寓居天津的段氏篤信佛法，更主動捐助了洋銀二百。因此，不僅寺前道路名為芝泉路，湛山從此也有了芝泉山之名。

全寺開闊清幽，山門前一對石獅相傳為明代遺物。而寺東有七級磚塔及毗盧閣，可以遠眺黃海，景緻甚佳。一直流連到黃昏，方才離去。回程陡然想到：今年的中研院訪問計畫，其中一項工作就是段祺瑞《正道居集》的編註補遺（莫非是段氏在冥冥中催促？）。這趟青島之行，本來未抱任何期待，最後卻竟誤打誤撞地來到湛山寺，不由得感嘆因緣之奇妙了！謹律偈一首曰：

鑽營任爾世人癡。渾噩無心乃得之。

不住兩邊因此念，乍離六趣即吾師。

秋梟弄羽花光晚，暮日連波樹色遲。

休問殷勤誰正道，變爻安用待龜蓍。

十月廿九日

從小喜歡天文學，這次竟拜電影《登月第一人》的熱潮所賜，應
《明報》之邀，連載五篇關於月亮的短文，十一月逢週四刊登於《明
報》世紀版。這個週末一口氣把五篇都完成了，以免卻後顧之憂。標
題及內容分別如下：

一、明月幾時有——月亮的起源

二、驪龍吐明月——月蝕與日蝕

三、明月共潮生——月亮與潮汐

四、明月逐人來——月亮與曆法

五、情迷月色下——月亮與文藝

第五篇談文藝——這次繞開中國文藝，而是從電影《情迷月色
下》往前追溯到西班牙語老歌〈Magic is the Moonlight〉、德布西〈月
光曲〉以及魏爾倫的同名詩作……雖然篇幅有限，亂侃一通，仍希望
大家喜歡。詩鐘曰：

月於訓詁原為缺，人有晴陰恆守仁。

補記：本擬十一月一日刊出第一篇，因金庸辭世而順延一週——這，
似乎也再度印證了月亮之永恆，正在於幻變。

十月卅一日

龔鵬程老師今天下午在飛頁書店主持「臺灣文化人在大陸」的演講，座無虛席。看到這本學生書局版《中國文學十五講》（我原來只有北大版），又購下一冊請老師題簽。主持人楊樹清院長談到龔老師在大陸闖蕩了十三年，屈指一算，我承乏蘭陽至今，也恰好是這個年數，不禁暗中興慨。

晚上老師招飲，席間正談及宜蘭舊事，乍知幾位故人去世，嘆息不已。七律打油一首，強以自勝曰：

> 曾卜連山第一陽。弦歌當日起蘭陽。
> 百年似水還如火，萬物負陰而抱陽。
> 安得凝神返玄牝，未須卻腳嘆迷陽。
> 傷心花果飄零半，慷慨憑誰唱八陽。

十一月一日

　　金庸去世了。他的小說，我印象最深刻的還是《射雕》、《神雕》兩部。即使曝露年齡，也要指出一九八三版的《射雕》電視劇，拍攝科技自受時代局限，但選角可謂無一不善。

　　至於黃老邪的形象，有多少人和我一樣，認為是由於曾江的演出而令原書大大加分？（換言之，其他人物我們還是在討論與原著象不象，黃藥師則已是曾江超出原著的再創造了。不看翁美齡、李若彤的戲，我們仍會喜歡小說中的黃蓉、小龍女；不看曾江的戲，我們單看小說中的黃藥師，卻未必喜歡得起來。愚見以為，後來演黃藥師的，都是曾江的影子，而非小說人物的影子。）即興謅七絕五首。

軒然霞舉本無雙。夢裡桃花碧海邦。
骨相那能清似許，琉璃幕後問曾江。（黃藥師）

都云反者道之用，逆誦九陰還自然。
武學從來無善惡，蟾功練就可單肩。（歐陽鋒）

帝王身世是天刑。奈爾羲軒也聽熒。
紅紫轉晴開欲盡，爭如蘭若一燈青。（段智興）

宿物何曾玷此胸。平生打狗復降龍。
幾人棒底稱冤死，無產階層即大同。（洪七公）

中央之帝曰渾淪。七竅莫知南北辰。
不皦恍然原不昧，重陽應自讓三分。（周伯通）

十一月二日

傍晚坐高鐵來到嘉義中正大學，收得出版社編輯俊峰師弟的電郵，謂拙著《被誤認的老照片》要再版，信中附上全書 PDF 檔；的確，初版有些圖片太小了點，文字也偶有訛誤，能夠修訂，再好不過。

只是本月十五日前交回修訂稿的死線，似乎有點倉促……昨晚雖睡眠不佳，但與未來半個月相比，今晚還有一丁點空隙。於是入住中正後，馬不停蹄做修訂到現在，總算可以伸個懶腰了。詩鐘曰：

舊圖未必成真相，新學安能辨偽經。

十一月四日

中正會後遊阿里山，觀日出，次中山學弟韻二首：

早慣他鄉作故鄉。柔燈盈室煖前床。
多情笑我青絲老，捷思喜君朱墨香。
東海兔昇訝繁弱，北天鵬振待禹強。
夢迴剝復知常事，屈指重生第一陽。（其一）

乍試毨衫便曉行。樹輪回曲碧苔生。
蝶蛾戀燭隨階舞，星斗低天照眼明。
一片濃枝穿鳥語，兩痕輕軌走雷聲。
東君總伴雲中起，何必晴陰皆有情。（其二）

和中山師弟〈阿里山聯床夜話有感〉，粵語七律打油一首：

山巔一到腋生寒。驟覺衣單兼被單。
筆戰唔完功課重，雞啄未斷漏聲殘。
月頭赴會撞手彩，床尾聯章聽鼻鼾。
投訴仲驚嘈住曬，敲門嚟送豆漿餐。

附記：啄，粵口語讀作 deung1，乃陰平聲。

附程中山博士原作：
〈與煒舜兄阿里山聯床夜話有感〉

兩度相逢在異鄉。寒宵重共話聯床。
遣閒細味清茶苦，握筆但期佳句香。
回首廿年慚我拙，著書十部看君強。
青燈照影知難寐，故約明朝待曉陽。

〈祝山待日次風遠樓韻〉

石屋清鐘催曉行。草花林徑露凝生。
噹噹響耳車初過，漠漠遠山星獨明。
老木傲寒天不語，長空回嘯鳥飛聲。
正愁今日義和懶，忽露鋒芒激壯情。

二〇一八年十一月。

達娜伊谷鄒族餐廳竹筒飯午餐，七律打油一首：

非關上博與清華。一段蔥蘢分四丫。
外直中通皆有節，聯珠綴玉總無差。
汗青不待松煙墨，滴粉還疑雪紡紗。
安得攻心解飯氣，且添半盞洛神茶。

十一月五日

週日傍晚從阿里山回到中正大學致遠樓後，終於完成《文選資料彙編·騷類卷》的二校，並將檔案寄出。週一早上，想到下午要奉黃錦珠老師之命承乏神話學講座，於是起床準備。九點半時，南華大學的謝鎮財總務長來電，著實令人感到意外而驚喜。

我和謝總務長是佛光大學時代的同事，一別八年，但在臉書上一直保持著聯繫。三、四年前，總務長透過高超的攝影技術，將南華大學的草木蟲鳥進行窮搜，並邀我題詩。我自忖雖然涉獵《詩經》《楚辭》，卻四體不勤、五穀不分，能夠藉此機會認識更多的動植物，何樂不為？且詩忌空泛，詠玫瑰之作不可轉詠芍藥，方稱扣題。因此總務長每發一圖，我都會進一步查核相關資料，但求內容切題。一年下來，竟累積了一百多首七絕。後來總務長舉行展覽，我因事忙無法出席盛會，頗感遺憾。

中正雖與南華比鄰，我卻因這一趟行程緊湊，未敢聯繫打擾。但古道熱腸的總務長卻主動聯繫，帶我遊覽了南華校園的美景（龔鵬程校長當年所題「通藝堂」匾額依然高懸），還以特地為我留下的一冊攝影作品集相贈。中午邀約鄭幸雅老師、杜志勇先生一起聚餐，拳拳盛意，令人感佩。謹謅七律致謝曰：

最喜晴光逢故人。鳥聲花語日為鄰。

天機不吝枯腸轉，地籟常隨妙手新。

通藝堂前猶翰墨，品蓮道上自陽春。

依稀風物曾相識，林美方語別有村。

十一月六日

這次中正中文系神話學講座，同學反應不錯，一位香港的僑生提問頗為積極，亦見用心。講座結束後，江寶釵老師在暮色中載我品嚐鳳梨酒；其後錦珠老師又邀來謝明勳老師、蕭義玲老師一起聚餐。十年未見明勳老師，風采依舊，言笑晏晏，令人歡喜。再次感謝中正大學的各位老師！

回想十多年前到大陸拜會一位文質彬彬的老工程師，是祖父輩的世交。他知道我在臺灣執教，問我是否有機會到中正走走。原來老人家是中正校友，當年入讀時，中正剛在江西泰和成立不久。一九四九年中正改名，後來改組為今天的江西師範大學，而臺灣中正則於一九八九年在嘉義創立（籌辦中文系者正是業師吳宏一教授）。這次終於有緣來到中正，而老人家已經故世好些年了。七律曰：

翠微深淺憶匡廬。霞落翩然一雁孤。

欒蔭枝頭紅勝火，雲光池面潤如酥。

群峰橫割晨昏界，眾子平居山海圖。

擘餅分魚皆大道，苦茶細酌莫盈盂。

十一月七日

　　準備演講投影片，想用「罔兩，影外微陰也」這條資料，上網一搜，竟得一貓二影之圖。七律即興打油曰：

縱非虎視亦眈眈。剎那陰陽仔細參。
黑白交融光罔兩，微明相對影成三。
自無鳥鼠同追北，不待星辰更指南。
歸去惺忪且偎竈，天機豈必問莊聃。

十一月九日

　　機場巴士途經圓山飯店，即興打油七律一首。圓山飯店為孔祥熙次女令偉所營建，牌樓有孔德成老師題字，亦為民進黨成立之處。即興打油七律曰：

層巒疊嶂擁明珠。衍聖書痕粉未枯。
孔二姐兒早飄渺，鄭三發子太糊塗。
秋來淡水藍如綠，年底酬金有也無。
車晃路遙聊假寐，支頤掩卷莫言輸。

蕭鳳嫻教授補記：一九七九年中美斷交的斡旋談判、一九八六年民主進步黨成立，一九九〇年奠定憲政改革，李登輝國是會議的召開、二〇〇〇年宋楚瑜親民黨的成立，都在圓山飯店，它是臺灣現代史的見證處。

十一月十日

　　十一月十一日為中學母校一百五十週年校慶，我無暇參加。但我從臺北趕回香港，除了在恒生大學研討會上宣讀拙文，還應新亞研究所劉所長、黎小姐之請，講述中學母校的史前史（1860-1868）。讓我驚喜的是，如此小眾的主題，依舊吸引了不少聽眾。年過八旬的黎澤倫校長夫婦，師兄方博士、同窗呂秉權兒、師弟柏年、韶文，致滔師弟伉儷，港大招璞君教授、皇仁校史館員等到場支持。優雅如昔的黎夫人是協恩女中前校長，她拉着我的手說：「你講得真好，整整一個半小時，我都聽得津津有味，毫無倦怠！」令人感動。謅七律一首曰：

> 日字樓頭女校書。風煙縹緲總愁余。
> 生民自此承伊後，活水憑誰問厥初。
> 驟爾揭來行必果，嗟乎歸去食無魚。
> 美陂仍舊衣冠在，坐對錢唐樂飯蔬。

附記：協恩前身之一為飛利女校（Fairlea），姑另譯曰美（fair）陂（lea）。

呂秉權博士所記：

　　中大陳煒舜教授以「女仔館滄桑——被遺忘的一頁香港早期教育史（1860-1869）」為題，圖文並茂，趣味十足的講解男女拔萃的前世今生，好多嘢真係佢唔講無乜人知。一眾師兄弟同退休校長齊齊懷舊，十分充實，皆因陳教授新鮮滾熱辣比咗好多「舊」我哋去懷。陳教授二十多年來一直醉心發掘、研究同整理母校歷史，應封佢做母校歷史嘅考古學家。

十一月十一日

恆生大學宣讀拙文，由黃耀堃老師主持。會後自拍，我問老師表情怎麼那般趣怪，老師說模倣柯P。謹打油七律一首曰：

> 陳腔濫調愧VP。得失誰分Q與P。
> 懶骨休言GRF，壯心都付WIP。
> 貪新聽眾多OS，守缺視窗猶XP。
> 敝界若能真普選，柯P照版選黃P。

恆生大學研討會閉幕後，與蕭麗華老師、長谷部剛老師聚餐，旋去舊書店一覽。長谷部兄看到一本杜詩著作，興奮地告訴我們，書中采用了他少年時的高見。吾輩爬梳故紙堆至此，亦一樂也！

> 施眾減減有鱒魴。燦矣明星思武昌。
> 解杜鴻才堪雅羨，倚蘭龜島待成航。
> 西風未改三秋節，東海遙看五色光。
> 字裡人間般若在，朱櫻開落本恆常。

蕭麗華教授記：

結束香港恒生大學的研討會，明晨得起早返臺述職。晚上蒙陳煒舜教授惠賜晚宴，與關西大學長谷部剛教授小敘。太子飯店有煒舜教授中學的老香港記憶，老板親切如家人，店內擺飾如周夢蝶當年寄棲的明星咖啡廳，我也陷入濃濃的懷舊風之中。

飯後穿過一家古典中藥房建築——雷生春堂，沒入一家二手書店的書堆中，彷彿回到牯嶺街時代。這也是我高中的記憶啊！香港雖然日新月異，城市記憶的狹縫裡仍有勾人追憶的元素。若非老靈魂引領，這些心靈圖像早已杳然無跡了。

十一月十三日

今天回研究室，收到拙著《列朝帝王詩漫談》的簡體版。再次感謝龔鵬程老師的策劃、鄧文龍老師的溝通協調，以及前此唐山陳隆昊社長的青睞！七律打油曰：

> 閨秀神仙黃與緇。最為吃癟帝王詩。
> 苟存佳句歸文膽，敢認前朝號滿遺。
> 當代思維皆正義，泰西見解即宗師。
> 豈知伊麗沙白后，一樣傷心能屬辭。

十一月十四日

返港數日，與中學師兄弟已見面幾次。今晚與伯康、秉權、柏年、韶文、成斌、萬川諸君參聚，粵語七律曰：

> 何必旁人嚟做枚。功夫唔係靠埋堆。
> 外觀容或生啲皺，中氣依然夠晒雷。
> 乍說陳年真抵死，重修新史亦該煨。
> 魚蝦且混邊爐醬，紅酒猶能揼爆杯。

十一月十五日

赴機場前，拜收朱少璋博士新輯《艤舟集·周棄子渡海前詩文百篇》，無任感恩。機上粗讀一過，高論中的，勤搜無遺，令人敬佩！謹謅句以謝，並乞指正。

> 恰值梯航渡海時。相隨獲此百篇詩。
> 大成無缺蒼天璧，小寐猶耽紅豆辭。
> 騁目風窗來落日，寄身雲幬覺寒衣。
> 欲吟蔣黑魂先斷，回首長安事已非。

登機時順手拿了一份報紙，坐下翻開一看：〈十一月號：驪龍吐明月〉，這個題目好像有那麼一點印象？詩鐘曰：

> 一剎隱機吾喪我，九天攬月此何人。

附記：隱機、隱几，取其諧音雙關也。

十一月十六日

十分感謝子平兄精心安排的桃園之遊，謹謅句以謝曰：

> 孤軍舊夢幾分存。彩幟依稀指眷村。
> 溪水近冬波已淺，槿花過午蕊猶溫。

萋然草隔琉璃壁，軒矣霞生薜荔門。
驟覺鳥啼欲無語，清茶一盞度黃昏。

十一月十七日

朋友向我討《從荷馬到但丁》，拙著在香港還有三兩冊，在臺灣可是手邊一冊都無。兩人同去書店找找，亦復不見。倒是其他拙著被朋友開玩笑似的翻出好幾種──嗯，想不到種類的確比香港書店所見還多一點。七律打油曰：

善哉禍棗復災梨。口水文章未足奇。
正業從來稱不務，反思至此羨無知。
娛親戲綵猶裝嫩，左衽披頭也背時。
立命安身何處去，還須跳水繼騷詞。

十一月十八日

這次研修假期計畫中段祺瑞《正道居集》闇註一項，年前便邀得段昌國老師賜序。段教授是芝老族孫、知名史家，由他序此書之首，最為適合。昨天下午，與段老師、周伯戡老師相聚。兩位老師是臺大歷史系師兄弟，自國立大學榮休後，到佛光分別主掌未來學系和佛教學院；當年能與二位共事，今日回思，可謂幸甚。兩位老師帶我品嚐蘭陽小吃和咖啡之餘，談興頗高，從歷史文學、故人往事聊到民生時局，妙趣橫生，不覺竟已更闌人稀了。

三造共和稱合肥。湛山寺口又斜暉。
兵戈頓寤千秋夢，星日空思五色旂。
青史有情成道紀，紅塵無事不禪機。
茶盧坐久生甘雨，燈火長街半掩扉。

十一月廿日

剛剛才把講座「長短句寫作門徑」的投影片準備好，感謝佛光中文系林以衡老師和各位同仁的悉心安排。詩鐘曰：

自能網上分平仄，安得詞中論短長。

網路心理測驗，謂世上只有百分之五的人有我這樣的大腦，大概是常規曲線最後那百分之五、如果修課得到這樣的成績便要去「求分」或投訴那種吧！一笑諧聯曰：

察色觀顏、非我所強，幸是橫秋無老氣；
似愚若怯、唯其居弱，且將消夜作朝餐。

十一月廿一日

重返佛光大學，七律口占：

> 碧滄層疊繞龜山。十五年來俯仰間。
> 貘口餘存一枕夢，羊腸稔熟幾回彎。
> 重遊乍忘容儀改，不識尚憐萍水難。
> 往事渾如斜月影，於無人處最闌干。

入住佛大會館前，特意造訪位於五結的「中華玄天上帝弘道協會」，與理事長及各位監事交談甚歡，學習到許多新知。其中有趣者如：協會選在宜蘭，竟與龜山島有關：原來宜蘭民間以龜山為龜，與之相對的臺灣本島長灘為蛇，合起來正是玄武之象。

不覺已到黃昏，臨別以楊松年老師主編之民間信仰研討會論文集三種相貽，協會也回贈以玄帝經典及籤譜。這次宜蘭之行真是收穫滿滿。謅律一首曰：

> 萍蹤到處是龜山。沙走長蛇海一彎。
> 星斗昭回凝慧刃，雲霞晻曖作仙班。
> 長生自有千巖翠，幾道無需九轉丹。
> 黍稷馨香復何德，移時虛席欲忘餐。

十一月廿二日

佛大講座順利結束，感謝以衡、運良二兄的精心安排，各位同仁和同學大清早便來熱情支持。尤其是蕭麗華老師的眷顧，使我時常

得以分享善緣，實在感恩不已！只是此次行色匆匆，無法與更多故人敘舊，且寄望於來日吧！

> 曉色初開第五樓。彤雲往復海東頭。
> 鐘風鼓雨都禪淨，檻菊池荷亦晏歐。
> 果地本應明佛性，洞天堪慕作仙儔。
> 陰晴回首諸般好，綠水長承不繫舟。

十一月廿四日

日前在路上撿到一面國旗，略有泥污。今天選舉日，法理上不關我事，精神上卻關我事，於是趁打「電動」休息之際，把旗子清洗了貼在布簾上晾曬。陽光透窗照進來，倒有一種迷幻之感。仄韻七律打油曰：

> 不必叩頭成搗蒜。帝王將相哪根蒜。
> 一團火氣備涼茶，九合疆臣呼凍蒜。
> 隔海為鄰莫嗆蝦，視天如夢須裝蒜。
> 問題解決在民生，下箸朋瓜還友蒜。

十一月廿六日

今天臨時和美月老師、至綱同學午茶，晚上應萬卷樓梁總、晏瑞兄之邀與出版界同仁聚餐，巧遇臺大徐富昌老師及諸位故舊新知。扶醉而歸，拉雜一律曰：

六橋煙水可憐春。西子遺音聽未真。
毛鼎何妨無限酒，蔣山方悟有涯身。
易求擊缶成新韻，難得舉杯邀故人。
偏望楚居存錯簡，別般筆削寫嬴秦。

附記：某年臺大「金文選讀」課，孔德成老師以抑揚頓挫的山東腔國語宣讀毛公鼎銘文，至「善效乃友正，毋敢湛於酒」時，突然停下來，皺起眉頭，以鄭重的語氣對我說：「聽到沒？叫你不要學人家酗酒！」見我陡然間還未回神，竟頑皮地大笑起來。

十一月廿七日

　　靜宜大學中文系的神話講座順利完成，再三感謝魯瑞菁老師的邀約、張慧芳主任的安排，以及各位同仁、同學的熱心支持。瑞菁老師贈以鴻著，又被我耽擱了大半天時間，實在不好意思。期待不久再與各位師友相會！諛律一首曰：

騷心萬古繫湖湘。呵壁素衷殊未央。
欲解渾淪新月夢，共參絲禹舊時疆。
中臺風雅親沙鹿，南閩喉唇說粉凰。
芳草芊綿銀軌外，一宵罡斗對明窗。

附記：國語有一繞口令：「紅鳳凰、黃鳳凰，粉紅鳳凰飛。」往往用於教學。閩語為母語者，多讀作：「紅闖凰、黃闖凰，混紅闖凰灰。」湘語為母語者，多讀作：「逢鳳房、防鳳房，粉逢鳳房飛。」想起二十年前一次城市大學校長沙龍，邀得李先生主講，劉先生對談。自我

介紹時，李曰：「我四福南人。」劉曰：「偶訴湖建人。」恰好相反。方言之奇妙如此。且f、h聲母對轉，亦見於歐洲語言。如義大利姓氏Ferrero，西班牙語則為Herrero——縱使h音今已不發。東海西海，種族、語言不同，而心理與口腔構造則一。

十一月廿八日

打「電動」聽莫札特，小休粵語打油七律一首：

> 馨香唔敢播安魂。連日打機偏手痕。
> 口響嚇飛成寶雀，耳鳴扎醒滿頭蚊。
> 試妻計逞菲加洛，走佬情牽麥迪根。
> 甜野食埋驚斷片，一於換畫貝多芬。

十一月廿九日

小休聽柴可夫斯基，打油一首：

> 繁英落處夢沙俄。睡美桃鉗奈爾何。
> 假郡主猶真郡主，黑天鵝亦白天鵝。
> 花腔如喜還如怨，行板可絃皆可歌。
> 幽影孤情驚綺宴，歸來月色又婆娑。

到臺北這麼久，今天難得有個虛度光陰的下午，還碰上一片溫

煦的陽光。七律打油曰：

休息合該風雨橫。每逢開會便天晴。
午茶竟得配金桔，冬日不虞如水晶。
物喜己悲何必論，天機人道總難明。
咖啡莫上 WiFi 網，新事成堆又待清。

十一月卅日

七律賀臺大張斯翱同學「喧囂的對話」書印展：

人在天涯筆在胸。華嚴萬象走蛇龍。
朱絲回合存鐘甲，墨雨斑斕辨淺濃。
閱世有情茲發籟，生心無住也藏鋒。
麗澤溫金還潤玉，尺幅晴明轉蕙風。

聽夜曲，忽思蕭邦之名非僅吳語音譯，亦意譯也。打油七律
一首：

飄零琴劍一肩扛。北顧冰天尚虎狼。
刀俎瓜分都弱國，山河雲冷即蕭邦。
夢魂慣識華沙路，塵影紛縈喬治桑。
空膡此心何所寄，降 E 夜曲透西窗。

十二月一日

休息前選聽幾段韓德爾的作品，七律打油一首。

> 所羅門劇總無儔。綠葉青蔥出耳郵。
> 演頌同歌彌賽亞，采風不作奧菲歐。
> 相容既濟成水火，繼立誰知須帝侯。
> 障撥金針堪扼腕，比鄰巴赫動余愁。

附記：韓德爾與巴赫同時出生於一六八五年，出生地相距不到兩百里。兩人雖然知己知彼，卻從未相見。生命的最後階段，兩位大師同為眼疾所苦，更不約而同請了眼科權威約翰·泰勒來醫治，最後都因失明而辭世。

十二月二日

晨起途經松江路，謅句曰：

> 一花世界成鮮紫，半影樓臺點粉金。

隨關子尹老師、師母至礁溪櫻花陵園拜謁勞先生，先謅七律一首，以為拋磚引玉之資。

櫻雨無須綴曲蹊。冬來層嶺尚萋萋。
鷺葭連水龜山遠，象緯遍天鯨海低。
一點杖前支宇宙，幾回輪下起雲霓。
哲心總共長風好，吹送金陽到隴堤。

再步韻關教授一首：

時止時行唯楫舟。古今滄海自橫流。
東望翠靄迷徐福，西狩白麟悲孔丘。
耐此吟哦都外物，蹇誰躑躅在中州。
韋編試解其中味，騁目禾皋麥隴頭。

關老師原詩〈戊戌深秋宜蘭謁思光師墓〉及解說：

君故乘風駕扁舟，問今誰克棹中流。
肯將道骨埋青塚，豈效靈狐尚首丘。
理事胸懷馳奧宇，春秋肝膽繫神州。
師恩歷歷當猶記，習習薰風石點頭。

今日終於再到宜蘭縣礁溪鄉的櫻花陵園拜謁先師勞思光先生的墓地。歲月匆匆，先師捐館，不覺已是六個年頭。今年乘作客政大之便，早有宜蘭之行的打算，今得遂此願，還要深謝中文大學中文系同仁陳煒舜教授及佛光大學新相識的蕭家怡女士兩位的悉心安排。今雖踏

入初冬，但氣候仍甚溫和，在雲靄掩映下，屹立於宜蘭近海的龜山島還清晰可見。我和妻子除配備鮮花，還把我近兩年為紀念先生而寫就的幾首步韻詩印好，置於先生靈前，藉此緬懷！

下山前，還繞道參觀了佛光大學！下山後，兩位友人把我們帶到宜蘭市用餐，途中還稍看了乾嘉年間建造的協天（關帝）廟和火車站側的幾米園，最後還喝了當地釀造的海藻啤酒和別具風味的「鴨賞」（有點像潮州燻鴨），這才結束這饒有意味的一天。

註：頷聯固指先生在世時寧葬於臺灣之意願。頸聯出句「理事」借佛家「理事無礙」指哲學的慧識，「奧宇」出自嵇康〈琴賦〉：「奧宇之所寶殖」，指先生畢生學問關懷的乃天下之事，以接對句所指先生於中國的歷史機運仍心有所繫。

十二月三日

晨起打「電動」，隨機聽巴赫 Orchestral Suites，忽播出〈G 大調小步舞〉。此曲別名〈安娜‧瑪德蓮娜〉，據說是巴赫寫給續弦的作品，故溫存特甚。

安娜生於音樂世家，為職業歌手，與巴赫婚後育有十三個子女。夫妻志同道合，琴瑟和諧。巴赫去世後，諸子紛爭而分家，留下安娜與三個女兒，一貧如洗。安娜只能依靠市政廳救濟，甚至乞討度

日。（不過也有資料顯示，巴赫前妻之子 Carl Philipp Emanuel 仍定期資助繼母。）

　　相傳貝多芬首度聽到巴赫的作品，驚嘆道：「這不是小溪，是大海。」（德文中 Bach 為溪流之意）但巴赫生前僅被視為樂師，不以創作知名，若非安娜細心謄抄樂譜，其夫恐怕等不到多年後重新被發掘認識的一天，遑論冠以「音樂之父」的美名。巴赫去世後十年，安娜接踵而去，被埋葬於萊比錫的聖約翰教堂，惜該教堂於二戰中被盟軍炸毀。七律打油一首曰：

> 疏宄衣冠仔細參。豈徒得味在酸鹹。
> 寂寥身後生前事，餖飣茶餘酒醉談。
> 齊物難分溪與海，和絃莫解七還三。
> 溫柔最是瑪蓮曲，索米忍教冬褸襤。

十二月四日

　　午夜休息前聽拉赫曼尼諾夫大提琴協奏曲。

　　拉氏和清朝遺老一樣，革命之後就不長歲數，精神和音樂還活在皇權時代。但是，我們至今似乎很少苛責他思想保守、沒有與時俱進。這是因為藝術形式，還是拉氏個人魅力使然？拉氏才華，固然毋庸置疑。但與眾多富於才華的「過時者」相比，拉氏又何其有幸哉！七律打油曰：

> 時光流轉幾多年。易幟改朝休計年。
> 坐視舊鄉成異域，羞隨新變語同年。

撫琴獨寄無明恨，事主焉知不盡年。

魅骨仙軀奈何許，霜天夢冷鎖華年。

十二月五日

讀法國暴動新聞有感，七律打油一首：

流水華筵舞鳳毛。笙歌麗榭醉櫻桃。

竟由狠手增油稅，自惹空拳打石膏。

鮮肉誰憐艾曼紐，公心偏憶尚盧騷。

無須顧望西洋岸，頤氣安居第一曹。

附記：艾曼紐，法國總統名 Emmanuel Macron。

　　臺北返港途中，正值黃昏，就讓班機一直這樣勻速飛去，就讓時間在窗外的黃昏中凝固。七律曰：

霎時身在碧氤氳。坐對機窗又落曛。

雙翼流金銷暮雨，五光汎影照卿雲。

遠山近水無重數，永晝長宵幾度聞。

抬眼崦嵫勿相迫，周流上下總黃昏。

十二月六日

　　家母遞來一份《明報》，原來今天刊出了拙稿「月亮談」系列最後一篇——也是唯一一篇關於文藝的。可惜篇幅有限，無法涉及中國文學。不過這樣也好，子曰君子不器嘛。七律打油曰：

> 圓缺陰晴總有常。一輪難得總行妨。
> 迷離豈特腦短路，馳騁使人心發狂。
> ＵＳ躗音如夢幻，ＥＴ背面也彷徨。
> 紅藍黑白憑誰問，且向窗前曬冷光。

十二月七日

　　《華盛頓郵報》標題：「老布希的葬禮，川普和總統們坐在一起，但似乎獨自一人。」有人諷刺說：「現任總統和前任總統們並排坐在一起，在過去兩百年原本都是再普通不過的一件事，但現在，這居然成為了《華盛頓郵報》的頭條。」

　　小布希講詞：「父親可以和來自各行各業的人交上朋友，他善於推己及人，感同身受。他看重品格而不是出身，他從不憤世嫉俗，他在每個人身上去尋找優點，並且總是能夠找到。」

　　個人謬見：自從知道小布希其人至今，追悼父親這一篇是他最好的講詞。其次，與川大統領相比，包括小布希在內的所有前任都顯得那麼的好。七律打油曰：

> 宜修宜笑復宜悲。滾玉拋珠豁眼眉。
> 八載未聞斯傑作，一篇堪誦許清辭。

舊頭領領新頭領，小布希希老布希。

座右但存川普在，幾多前任亦光輝。

十二月八日

　　參加香港公開大學「文學批評與人生：第四屆兩岸四地華文文學講座」，早上因事缺席，中午正在尋找會場時，竟聽到銘基師弟從大會包車中相喚：原來學者們剛好用餐完畢，實在巧合。下午與志琴師姐、銘基師弟同場發表，臺下有張雙慶老師坐著打氣，彷彿回到研究院講論會時代。七律打油曰：

車駕絕塵何處求。獨存慧眼在街頭。

長思海外花窬好，誰動國中禾黍愁。

同道於茲樂此樂，先天之下溜而溜。

師友依然疇囊似，不知彈指幾多秋。

　　在公開大學會議上抱歉地「先天下之溜而溜」，是因為臨時答應拜會方滿錦醫師。方醫師不僅仁術仁心，還是文學博士，有著作多種。其醫術文章，皆傳自令泰嶽伍百年先生（1896-1974）。一金針而度二道，令人欽佩。

　　伍先生擅詩文，《芝蘭室隨筆》記載政界、文壇掌故，以詩存事，二十年前初版即為方醫師所整理，近日將付臺北萬卷樓再版。《客途秋恨》原版書中潘峭風女士的插畫，也一併納入萬卷樓新版。而《逸廬詩文集》之手稿，今日有幸窺豹，知方醫師欲電子輸入，即

允諾物色助理襄成此業，聊表對前賢之敬意。

從來無賴是秋心。暫返尤知客思侵。
傷世幸餘皆玉屑，傳家堪嘆此金針。
舊遊總為芝蘭惜，新槧應留墨黛深。
莫道人間不相識，希聲畢竟海潮音。

十二月九日

晨起見陽臺上有落花。如果樓上飛下來的只有此物，是很不錯的。〈蝶戀花〉一首曰：

閒倚闌干雲縹緲。
人在青春，懶辨分和秒。
一線清晨寒料峭。
飛花昨夜知多少。

長是此心猶木槁。
舊夢秋花，新夢成秋草。
若惜斑斕都似泡。
滿階寥落何須掃。

偶讀新聞有感，仍以〈蝶戀花〉打油一首。

世道浮沈非有料。

識力才情，總賴高層照。

如欲出家尋大廟。

想贏人氣裝高調。

建設招商君莫笑。

縱乏金條，還可金龜釣。

從此宗光兼祖耀。

不需再炒黃牛票。

十二月十日

　　掌故一則：袁世凱在吳長慶軍中時，對張謇寫信尊稱「夫子大人」，面見則稱「季直師」（張謇字季直）。袁當大總統後，書信裡改稱張謇為「張老先生」或「季直先生」。袁決定恢復帝制，擬任命張謇為農商總長，對張謇的稱呼又改為「季直兄」或「仁兄」。張謇則回信說：「夫子尊稱不敢，先生之稱不必，我兄之稱不像。」袁稱帝後，聘張謇為他的「嵩山四友」之一，還派「欽差」專送一幅《嵩山四友圖》給張，張閉門拒收，並調侃說：「謇今昔猶是一人耳，足下之官位愈高，則鄙人之稱謂愈小矣。」

　　個人陋見，若在學界，不妨一律稱老師。前輩固然是老師，平輩、晚輩，又焉不可以學生之口吻稱其為老師，一如妻子以子女口吻稱丈夫為爸爸乎？至若所長、院長、校長，皆一時也，只有老師之稱，終古不泯，其用大矣哉！七律打油一首曰：

本叫老師茲叫兄。昔兄今日直呼名。

雙名驀地連尊氏，單姓無須冠某生。

喜汝增年復增學，愧余無矩也無成。

細思寧可聊裝嫩，不欲垂垂秋氣橫。

重至新亞研究所拜會劉楚華所長、黎敬嫻女士。見一九六五年錢穆先生所植垂柳業已萎絕，期待來春再發新綠！

舊學新知各典刑。猶存圓壁自亭亭。

咨嗟得失千年事，珍重幾希萬物靈。

已易赤幟同望濮，未容黃帝也聽熒。

寂寥休謂錢公柳，春至稊華總復生。

十二月十一日

機場巴士上遙望吐露港，口占七律曰：

在水中央在水湄。兩邊不著是禪機。

乍回冷雨拂溫帳，將去碧天連翠微。

可以長存厥維義，視而不見故名夷。

世間何物非輪轉，未若重參七覺支。

從香港飛往臺北的班機上向外望，黃昏中那一抹碧藍，令人乍疑那雲外的才是地球。

　　　　最數難名此暮陽。廻環晝夜豈尋常。
　　　　虹蜺往復垂天翼，島嶼有無浮海光。
　　　　如水一心存月白，為期幾度指曛黃。
　　　　碧琉璃色穿雲下，世外偏疑是舊鄉。

十二月十三日

奉楊松年老師之命參加高雄文藻外語大學的水神信仰國際研討會，終於在最後一分一刻完成了拙文〈北方神佐玄冥考略〉的投影片。茲就所論塗鴉七律一首。

　　　　北海之魚名曰鯨。化而成鳥厥維鵬。
　　　　鵬南鯤北知同物，鹿首麟軀號復生。
　　　　怒觸不周方布土，肇開有夏自襄陵。
　　　　玄冥本共修熙位，撰體飛廉待帝贏。

十二月十四日

隨楊松年老師南下高雄開會，高雄科技大學林佳燕博士開車相迎，至鳳山夜市晚飯。飽餐一頓後離席，遠遠見到交警正準備封車——原來停車位是專供傷殘人士使用，奈何標誌太小，夜間完全看不清。幸好及時趕到，避免拖吊。幫忙撕去那黃色封紙時，驟覺與貼在僵屍額頭的符籙好像。我當時已經知道：「這些都是上佳的詩料

啊！」舉目天際，弦月如笑。

> 泊車月照鳳山崗。何處盤飧莫宰羊。
> 碎灑花生仙草凍，整烹餛飩米苔湯。
> 相詢左腳踢右腳，對切大腸包小腸。
> 拖吊無端欲封紙，急如律令費奔忙。

十二月十五日

水神會議順利結束，感謝文藻外語大學、高雄科技大學師生的盛情招待，以及與會同道的鼎力支持！謹諗一聯曰：

> 文章至道明，若水其心，允稱上善；
> 藻蘊昇平在，斷金之利，攸繫中孚。

十二月十六日

左營元帝廟在蓮池潭中，距離文廟僅十分鐘路程，肇始於鄭成功時代，目前建築外表為一碩大之玄天上帝塑像。宮廟與池岸一橋相連，樓閣玲瓏，除道教諸仙石像羅列橋欄，還有佛教護法四天王像。

玄天上帝（玄武神、真武神、北帝）自宋太祖開始崇祀。鄙見以為，玄武神造型從龜蛇二位一體至宋初轉為帝王腳踏龜蛇三位一體，乃是參考了佛教北方多聞天王的形象。而宋孝宗、明成祖皆以自身容貌為玄帝造像。清朝入關、康熙收臺灣，以為玄帝信仰之明代色彩過於濃厚，遂大力扶持關帝、媽祖信仰以取代之。玄帝信仰興衰與政治關係之密切，真可謂自古已然。諗律一首曰：

延平舊蹟自昂藏。關軸周行證武當。
設教仙廷隨易代，並鄰孔厝豈同鄉。
漫援龜卜書殘簡，誰向龍顏辨壽皇。
獨立長橋回首處，北天帝對北天王。

十二月十七日

與晨婕學棣至臺北故宮博物館，承蒙雪燕、國威老師及沂芬同學招待，在殊勝因緣中與慕名已久的文物相親，實在感恩！

雍熙每憶誦歗鐘。十載須臾付酒醲。
金玉盈堂難獨守，黍雞列案又相逢。
甘經宇內成完璧，隆準庭前說舊封。
身在丹青誰會得，紫雲盡處月朦朧。

十二月十八日

下午三點、冬陽照耀的臺北天空，出現一片月色，彷彿一塊將要融化在薄荷酒中的冰塊。五古曰：

少時每望月，瞪目疑愁胡。
悲歡終古事，雙眉總未舒。
今午冬陽好，碎金正滿途。
舉頭最高閣，月上東南隅。
翩然泠風至，曲檻花低廬。
日華與月華，糺縵凝碧虛。

天光薄荷酒，滄浪酌冰壺。

對影知有幾，樹杪共踟躕。

感恩謝正一社長招飲、段昌國老師賜以大著，周伯戡老師、劉國威老師及兩位同學作陪，謹將聊天內容濃縮成叨叨令一首曰：

記不得恭親王、醇親王挨多少聲聲口口的罵。

算不來大琉球、小琉球打多少槍槍砲砲的架。

說不完佛學系、儒學系補多少乾乾濕濕的罅。

笑不休芭樂王、芭樂后開多少枝枝節節的岔。

各修其道各有其膽也麼哥，

各修其道各有其膽也麼哥，

數不清上三屆、下三屆換多少花花草草的畫。

十二月十九日

有同學問起無情對，謹以無情對作五律一首。（謎之音：此詩日後可放進「詩選及習作」課的講義嗎？）

善耆生惡少，蓮霧配魚雲。

腦補還心塞，臉盲仍耳聞。

南開收北閉，西武用中文。

龜槓兼蛇擼，進身須退群。

注釋

善耆：字艾堂，愛新覺羅氏，滿洲鑲白旗人，第十代肅親王，清廷世襲鐵帽子王，晚清貴族重臣，川島芳子生父。

惡少：品行不良、為非作歹的少年。

蓮霧：又名水翁、天桃、輦霧、璉霧、爪哇蒲桃、洋蒲桃，原產馬來西亞的水果。

魚雲：粵語指魚鰓兩邊白色半透明膠狀、僅有兩小塊的魚肉。

腦補：即腦內補完，動漫用語。指對故事中自己希望而沒有發生的情節，在腦內幻想補充完成。

心塞：大陸網語，原是「心肌梗塞」的簡稱，引申為心中堵得慌，難受，說不出來的痛苦，有不順心的事讓你心裡不舒服。

臉盲：即面部識別能力缺乏症。英文學名為 prosopagnosia，亦可稱為 face blindness，該症狀分為兩種：患者看不清他人的臉；患者喪失對他人臉型的辨認能力。

耳聞：聽說，聽到。清紀昀《閱微草堂筆記・灤陽消夏錄五》：「鬼非目睹，語非耳聞，恍惚杳冥，茫無實據。」

南開：原稱私立南開大學，由中國近代教育家嚴修、張伯苓於天津創辦，肇始於一九〇四年，成立於一九一九年，成立之時設文、理、商三科，後發展為綜合性大學。日本侵華戰爭期間，南開大學大部分校舍毀於戰火，與清華大學、北京大學共同南遷昆明，組成國立西南聯合大學，直至戰後回到天津復校。

北閉：Baby 的音譯。

西武：西武百貨，是日本崇光・西武公司旗下零售品牌。

槓龜：臺語外來語，讀作貢姑。指掛零、沒有得分，引為為血本無歸之意。英文 skunk 是比賽得分掛零之義，傳到日本，S 音脫落，讀成 kunku，臺語因之。

擼蛇：（英語：loser man、loser guy、loser boy），又稱魯者男（專指男性）、輸家男等，是東亞地區網路諷刺語，意即「人生的失敗者」。

退群：退出網路群組的簡稱，引申為自行退出團體。

十二月廿日

晚間小休，再以無情對謅五律一首。有朋友提及不知無情何在，以本詩為例，每句皆有行內對，如鴨對鵝、月對雲、嫂對母、村對宅、卒對兵等。然首聯、頸聯只能詞性相對而平仄無法相對，此亦限於格律之故也。

老九迷中二，大千嗟小三。
然鵝共衝鴨，靠北抑圖南。
月嫂采雲母，村姑笑宅男。
嗒糖休呷醋，卒辣對兵咸。

注釋

老九：即臭老九，文革時期對知識分子的貶稱。清人趙翼《陔餘叢考》：「元制：一官，二吏，三僧，四道，五醫，六工，七匠，八娼，九儒，十丐。」

中二：全稱中二病，源自日本網語，用以形容自以為是地活在自己世界或做出自我滿足的特別言行的人。

大千：佛教用語。世界的千倍為小千世界；小千世界的千倍為中千世界；中千世界的千倍為大千世界。後泛指廣大無邊紛紜複雜的世界。

小三：一般指女性第三者，源自臺劇《犀利人妻》。

靠北：臺語「哭爸」的諧音，罵詈語。以喪父為比喻，來表示不屑他人的叫苦或抱怨。

圖南：《莊子》〈逍遙遊〉：「鵬……背負青天，而莫之夭閼者，而後乃今將圖南。」比喻志向和前途的遠大。

然鵝：大陸網路用語，「然而」的意思，是由南方人口音而形成。

衝鴨：大陸網路用語，是「衝呀」一詞的諧音，有賣萌可愛、加油打氣的語氣。

月嫂：專門護理產婦與新生兒的女性家政服務人員。因主要是在產婦坐月子時提供這種服務，故稱。

雲母：雲母族礦物的統稱，是鉀、鋁、鎂、鐵、鋰等金屬的鋁矽酸鹽，都是層

狀結構，單斜晶系。

村姑：農村女性。

宅男：源自日語「御宅族」，指整天窩在家裡（或宿舍），鮮少出門，不擅於與
他人（尤其是異性）交際，沉溺於網路的年輕男性。

嗒糖：嗒，粵語「吃」之意，略帶戲謔。嗒糖指心中美滋滋，如吃糖之感。

呷醋：指心懷嫉妒，充滿酸意。

卒辣：一作俗辣，即卒仔。臺語指沒有膽量、外強中乾之人。

兵咸：香港早期英籍會計師 Bingham，與 Lowe 於一九四〇年創立羅兵咸會計
師事務所，為本地之年代最早者。

十二月廿日至一月廿日

　　兩部書稿要在年底前完成，天昏地暗之餘，不甘如此，乃以餘
暇作〈時代曲紀夢詩〉，每七絕一首，附文約一千字。整月下來，共
得六十二首。

一、樂教早因天下裂，往而不返待何為。

　　眾聲一任喧騰處，顧曲申江知問誰。（楔子）

二、京津滬漢盡洋場。烽火連天總可傷。

　　文藝緣情多綺靡，何須雅俗判城鄉。（靡靡之音？）

三、四季想郎情幾多。桃花江是美人窩。

　　單雙簧奏西廂下，點土成洋奈此何。（點土成洋）

四、泰西宮徵費增刪。唱徹夕陽山外山。

　　三願偏憐長命女，玫瑰開落碧闌干。（洋為中用）

五、電波聲咽薩斯風。小步舞隨紗七重。

　　百樂門前光復影，婆娑都付笑談中。（古典爵士）

六、舞步翩然夜未央。中詞西曲也尋常。

　　芳魂信未藍橋斷，聽罷周璇聽白光。（歐歌美舞）

七、人禽之辨亦幽微。寓教於音知者希。

　　虛腹何曾心可實，聯翩未若滿場飛。（寓教於音）

八、滬港雙城事易迷。後黎況復異前黎。

　　古今雅俗皆同轍，小調毋須薄泰西。（小資情調？）

九、犬羊虎豹總難分。君子質而焉用文。

　　萬縷鄉愁都小調，舊時遊子已浮雲。（小調情資）

十、古今代謝不須傷。北調南腔各擅場。

　　師意師辭抑師語，傳薪自有便宜方。（流水落花）

十一、偏宜爵士好敲梆。海派縈回廣府腔。

　　　最惜曇花都一霎，幾人更識綺羅香。（粵語後勁）

十二、維艱故步路迢遙。西化快車讖未消。

　　　契道多方有頓漸，聲聲何必詈文妖。（黎錦暉）

十三、皎皎空中孤月明。溝渠相照豈無情。

　　　世間多少黑天使，民主自由皆汝名。（黎錦暉）

十四、人間天上久相忘。綿綿爵士訝滄桑。

　　　終是文章各有命，至今猶唱夜來香。（黎錦光）

十五、可曾南社錄遺篇。滬上灌音稱八仙。

　　　舞轉雲紗探戈起，此身合在月華邊。（嚴工上父了）

十六、昔日知音何處尋。天涯至此共淪沉。

　　　貝斯黑管彈吹慣，乍覺秧歌是正音。（嚴工上父子）

十七、戰龍在野血玄黃。玉女金童不久長。

　　　花好月圓盡縹緲，豈宜重聽桃花江。（嚴華）

十八、茫茫雲樹隔天涯。羞煞爭春桃李花。

　　　曉色朦朧抬醉眼，蘇州河畔是誰家。（陳歌辛）

十九、大道空言四海通。暮來月色曉來風。

　　　不知明日飄何處，淚眼寒山夜半鐘。（日籍作曲家）

二〇一八年十二月

二十、好花常在嘆何曾。癡慢勸君休自矜。

　　　小知大年齊物後，不傷一曲誤平生。（學院派作曲家）

二一、輕歌妙舞化爐香。月下共祈秋夜長。

　　　第二芳春行欲老，深閨夢裡太無常。（赴港作曲家）

二二、故國人生如夢中。南來老盡玉顏紅。

　　　寂寥長巷鞦韆冷，酒意詩情付晚風。（香港作曲家）

二三、人生何處不相逢。望斷浮雲鎮日風。

　　　別後難知君遠近，嬋娟千里此心同。（作曲家填詞）

二四、幾何明月映清流。年少情懷轉眼秋。

　　　夢裡星辰歷歷在，隱思予美徒離憂。（作曲家填詞）

二五、雨橫風斜上海灘。重擎玉盞唱陽關。

　　　夜鶯金嗓玫瑰刺，夢境幾多花一般。（編導詞人）

二六、良辰美景總難雙。聊把香江作滬江。

　　　第二春殘第二夢，不知北顧是何邦。（編導詞人）

二七、粉臉櫻唇誰與歸。月圓花好世間希。

　　　倉皇風雨鍾山後，書頁翻成蝴蝶飛。（鴛鴦蝴蝶派詞人）

二八、平生若不害相思。何必營營填曲詞。

　　　詞曲恰如文質配，春回大地裊晴絲。（包乙、陳棟蓀）

二九、被面飄揚似國旗。舊旗幾度換新旗。

　　　此心不變憑誰問，未若風情覓酒旗。（赴港詞人）

三十、鴛鴦安可度金針。曲律別傳言外音。

　　　何以推心保四海，剩他蜜意共情深。（赴港詞人）

三一、花兒開放月兒明。爵士探戈任我行。

　　　誰會深閨秋水意，蝶翩飛處指滄溟。（赴港詞人）

三二、一語呼伊絞死貓。且隨洋鼓兩邊敲。

　　　文豪聽罷頭先痛，小妹妹腔還慢嘲。（黎明暉）

三三、可憐謫降在紅塵。身世飄零何足論。
　　　質本潔來還潔去，不將緇墨換青春。（周璇）

三四、擇菁偏在正黃旗。散盡繁華守帝畿。
　　　河上堪憐月色好，一般曾映少年時。（白虹）

三五、伊人秋水竟分途。開落薔薇一夢孤。
　　　曲裡相思本誕妄，還君豈必雙明珠。（龔秋霞）

三六、難辨歌喉銀與金。蘇州明月總成陰。
　　　此生長祝玫瑰好，萬語千言付寂岑。（姚莉）

三七、恨不相逢未嫁時。靈風夢雨盡堪疑。
　　　夜來香語知遺世，何必點塗高爾基。（李香蘭）

三八、管他暮雨復朝雲。一曲探戈當萬軍。
　　　皮雅芙耶黛德麗，天然豈待石榴裙。（白光）

三九、暖風吹遍斷腸紅。大地回春花不同。
　　　千里相思明月夜，為誰當日說情鍾。（吳鶯音）

四十、度曲倚聲堪自強。形骸之外任翱翔。
　　　試看起舞紅塵處，幾個生來有脊梁。（都杰）

四一、春日百花嗟止觀。薔薇不廢愛幽蘭。
　　　柔剛俗雅焉分野，世界渾淪一體看。（男性歌手）

四二、春王正月是何春。春去偏生戀翠痕。
　　　萬豔千紅萎絕處，迷濛細雨漸黃昏。（張帆、白雲、金溢）

四三、風動藤鈴任自然。春花秋月幾回圓。
　　　海涯淪降心安在，容易輕拋是少年。（逸敏、梁萍）

四四、黃鶯飛處即人間。香格里拉安得還。
　　　試向三輪車外望，無須惹氣忐交關。（歐陽飛鶯、屈雲雲）

四五、合璧中西歲月多。莫因博雜訕歪歌。
　　　耳邊金嗓餘音渺，舊夢雙城尚幾何。（張露、董佩佩、張伊雯）

二〇一八年十二月

四六、一路婆娑舞自迷。影歌況復好雙棲。

　　　花開葉落增惆悵，不昀晚霞還向西。（顧媚、葛蘭、葉楓）

四七、黃梅小調演新歌。腔板非同唱白科。

　　　賺得情人淚滿臆，至今猶繫梭羅河。（靜婷、劉韻、潘秀瓊）

四八、滿眼春華為爾滋。團圞月映少年時。

　　　探戈揮劍緣紅粉，地厚天高縱騁馳。（華爾滋、探戈）

四九、藍調當行高冷時。莫須猶豫更狐疑。

　　　菱花鏡裡傷懷夜，曾憶嬌鶯恰恰啼。（狐步、倫巴）

五十、寄語紅梅幾度開。天音羅剎也清哀。

　　　尚從海外尋晨韻，游刃憐伊顧曲才。（外國旋律）

五一、滬瀆分春予白俄。百花靈境麗娃河。

　　　何方不是阿蘭那，應向吾心治舊疴。（外國旋律）

五二、天蒼地曠載浮沈。月下花前抵萬金。

　　　河畔霞光多變幻，叮嚀焉用費知音。（外國旋律）

五三、不變唯看心與魂。誰知玉谷或吳村。

　　　音符幾粒成標誌，休怪筆端多互文。（旋律互文）

五四、蘆花楓葉思悠悠。夢裡浪奔還浪流。

　　　教我從何來說起，一橋隔斷晚風秋。（旋律互文）

五五、毛毛細雨幾時停。楓自殷紅柳自青。

　　　合璧華洋奈何許，箇中三昧在寧馨。（民間、古典）

五六、出魂入夢任蘭薔。飛雁游魚各渺茫。

　　　燦爛花枝憔悴損，漫言雨巷結丁香。（古典、現代）

五七、雲黯風驚海燕飛。玫瑰落瓣識春歸。

　　　莫將病酒閒情緒，錯認歐西瑪瑙杯。（外國藝文）

五八、雷動風翻彩幟揚。紫金春色自蒼蒼。

　　　六橋三竺真如夢，雲白情柔共一鄉。（國族伏線）

五九、兩條路上久徘徊。特別快車奔似雷。

　　　地獄天堂難辨識，此身我有屬他誰。（我者、他者）

六十、叵耐今宵月似霜。青紗回首起高粱。

　　　繁華一瞬車輪轉，共舞何辭虎與狼。（我者、他者）

六一、半百人生愁幾重。殘陽如鼓下雷峰。

　　　迷林去路憑誰問，且向南屏聽晚鐘。（複式結構）

六二、華洋方駕使先驅。雅俗古今都一爐。

　　　初盛試追中晚步，偶從夢裡認精粗。（結語）

十二月廿一日

　　今天因緣殊勝，承蒙劉國威、盧雪燕老師厚愛，得以在故宮得閱康熙《龍藏》及明代內府寫本《尚書》與《大明會典》。《龍藏》精緻華貴，不可方物，內府寫本黃絹包背，筆法富麗，真可謂目不暇給。可惜館內不可攝影，如是我見，真相不立文字，又何必有待於圖哉！謹謅七律一首曰：

　　　　　無故修成增上緣。烏斯秘藏辨丹鉛。

　　　　　一真世界龍鱗冊，五色珠璣羊腦箋。

　　　　　玉府新裝存寫本，金甌舊夢鎖殘編。

　　　　　人間別有嫏嬛在，偶向婆婆起瑞煙。

十二月廿二日

　　今天中午與張高評老師及其公子恰華聚餐，餐後本欲回家繼續工作，高評老師謂將與里仁徐書局徐董下午茶，問我是否有興趣參

加。我自忖已數年未與徐董聚首，欣然同意。到約定的咖啡館，竟意外發現廖棟樑老師、陳國球老師坐在鄰桌。

午茶中，高評老師和徐董談起故人往事，妙趣橫生，聞之忘倦，不覺已是晚飯時間。於是徐董請客、高評老師點餐，在度小月美食帶來的回憶中重遊了一次臺南。

　　　　豈因畫短惜居諸。物序井然情自紓。
　　　　啟戶渾疑冬未至，持盎不覺夜方初。
　　　　金針一度衣無縫，玉箸還欣食有魚。
　　　　月色天高誰繪得，筆花墨葉是吾廬。

十二月廿八日

青菜泡菜，是謂鴛鴦菜；淡湯鹹湯，聊充羅宋湯。七律打油一首。

　　　　烏龍既擺亦迴腸。碎切蕃茄作例湯。
　　　　鹹淡一鍋無滷水，青紅雙菜是鴛鴦。
　　　　何須吃素怕過敏，不待開葷穿盛裝。
　　　　停箸冷風生兩腋，未知窗外正清商。

十二月廿九日

與潘美月老師、師丈聚餐，諛律一首。

歲寒深處識春回。長至玄圭影正催。

百載青韶方值半，一斝紅酒自盈杯。

嘉肴飲水慚疏食，好雨飄松復灑槐。

偶過鄰几多故舊，昔時花葉幾番開。

十二月卅日

日前才知道，英文小說及歌舞劇《花鼓歌》作者黎錦揚先生逝世美國，享壽一百零二。他出生那年正值十月革命，現在去世之際，蘇聯解體已二十六年。

錦揚祖籍湖南湘潭，排行第八，長兄黎錦熙，語言文學家、北師大文學院長。二兄錦暉，「中國流行音樂之父」。三兄錦曜，著名採礦專家。四兄錦紓，留法博士，著名教育家。五兄錦炯，鐵道及橋梁專家。六兄錦明，著名作家，魯迅門人。七兄錦光，時代曲作家。八人皆一母所生，錦揚比大哥錦熙年輕了二十七歲。

錦揚的七位兄長經歷了大時代，思想多左傾，一九四九年後留在大陸，卻頗受衝擊，尤以二哥錦暉遭遇的磨難最令人扼腕。錦揚最幼，出生時父親松庵先生為他取小字曰「任予」，意思就是隨他怎樣都好，可見疼愛有加。一九四七年西南聯大畢業未幾，大哥錦熙便把他送到美國，入讀耶魯戲劇系，後以《花鼓歌》成名。錦揚說自己一生是「三分才華、三分努力、四分運氣」，雖然有自謙之意，但與兄長們相比，他的確幸運多了。尤其是大陸開放以後，錦揚似乎更挾勢為幾位兄長的不公對待扳回一城。如此看來，「任予」一字，豈虛設哉！七律一首曰：

十月生逢革命時。仙曹返駕夢遲遲。
左傾傳火七駿繼，右袒鑠金千口資。
總俟躍登百老匯，何庸更悼一言詩。
旗袍花鼓寥零處，隔海君其問洛磯。

十二月卅一日

　　總算在除夕之日初步打完一套「電動」遊戲。應該「嚴重」感謝時代曲的調劑，讓我心態保持平衡。如果一天到晚和什麼流放、投河、黨爭、亡國之類的關鍵詞打交道，恐怕會引發抑鬱症的。一笑。七律打油曰：

書稿一拖而再拖。拖泥帶水費干戈。
目標讀者何其少，手板功夫無乃多。
年尾爭看銀樹火，彩頭莫講汨羅河。
懶腰權作拉筋法，按鍵重聽時代歌。

一月二日

開年以〈浣溪沙〉題友人所攝雪景照片一首：

只道尋常是昔年。
而今回首已雲煙。
冰魂雪骨孰相憐。

名託薔薇猶泡影，
身存跗萼亦塵緣。
何時更返四禪天。

一月六日

今晚在吳瑛老師令婿蒯亮教授安排下，與老師、師母聚餐。蒯老師帶來陳年 XO，大家飲興甚酣。師母謂近年因繪畫而學習詩詞寫作，令人欽佩。餐後，隨吳瑛老師一口氣走完兩段和平東路，老師沿路談及往事及養生之道。九十高齡樂觀康強如此，真要好好學習！

蹀躞相攜說甲兵。長街車馬亦和平。
詩鐘五唱才仍拙，饌鼎三分味自清。
滿室芝蘭先夜暖，半杯瑪瑙覺風生。
達公舊事分明記，揮手於茲稱鶴齡。

一月九日

俊峰師弟今天告知，拙著《先民有作：古逸詩析註》已經印好，不日有售。從前在臺灣承乏時開過古逸詩專題，回港後在《詩經》、《楚辭》、詩選及習作等課程及講座中也曾偶爾談及。前年替《明報》教育版寫稿，就想到這些小巧玲瓏而不為人注意的作品，一年下來寫了「婚戀編」十七篇。後來二〇一七年聖誕節前後又為「中韓研究學會」公眾號撰寫「親友編」、「役作編」共三十四篇（都是七百字不到的短文）。終能合成一書，非常感恩。當然，還要感謝的是紅岩、甜甜兩位同學幫忙簡註工作，若震師兄、李燕女史賜序，中和出版社的青睞，俊峰師弟不辭勞苦的編校，以及各位讀者的厚愛。七律打油一首曰：

> 詩騷已覺不新鮮。陣擺龍門七國前。
> 假意真情都一冊，咬文嚼字竟三年。
> 詳參錯放沉吟句，簡註終非急就篇。
> 梨棗未逢此災禍，果欄多賣幾千錢。

一月十日

住處旁小公園的槿花，這幾天開了不少。加上今天有陽光，尤見美麗，縱無人注意，亦堪珍惜。

查《玉篇》：木槿，朝生夕隕，可食。亦作董。《禮・月令》：木董榮。一名舜。《詩・鄭風》：有女同車，顏如舜華。一名椵，一名櫬。《爾雅・釋草》：椵，木槿。櫬，木槿。郭註：別二名也。白曰椵，赤曰櫬，一名日及。《南方草木狀》：赤槿，名日及。一名王蒸。

陸璣《草木疏》：齊魯之閒謂之王蒸。（或謂帝舜為上古東夷太陽神，即朱槿化身。）白居易詩：「槿花一日自為榮。」今又名大紅花、扶桑花，韓國稱無窮花。

兹抄撮舊籍文字，打油仄韻浣溪沙一首。

　　　　　暾照扶桑生木槿。
　　　　　鄭風有女顏如舜。
　　　　　日及晨開還暮隕。

　　　　　白名椴矣朱名櫬。
　　　　　好自為榮都一瞬。
　　　　　風雨明朝何處問。

一月十二日

松江路邊拾葉一枚，戲謅一半兒兩闋。

　　　　　霎時暮色霎時晨。
　　　　　半路晴光半路塵。
　　　　　幾樹經冬幾樹春。
　　　　　落繽紛。
　　　　　一半兒青來一半兒粉。

　　　　　今朝未卜又何年。
　　　　　開落無常本自然。
　　　　　經脈縱橫似舊箋。

且翩躚。

一半兒圓來一半兒扁。

一月十五日

事情一波接一波。元旦到現在，硬又把《文選資料彙編·騷類卷》近六百頁的全稿校對了一次。好多人（包括家母）都以為我忙的是撰寫〈時代曲紀夢詩〉，答曰：「非也。要是那樣就太幸福了。」粵語仄韻七律打油曰：

> 資料彙編無乜 cred。勞心勞力做餐 dead。
> 一頭霧水人都癲，兩眼蚊滋鬼咁 dread。
> 團隊維持手缺銀，友情拍檔皮生 red。
> 今宵唔覺又埋籠，何必嘮嘈快搵 bed。

記得十幾年前，和一位熟悉中國文化的德國朋友去跳舞班。學到狐步時，她忽發奇問：「Foxtrot 可以對什麼下聯？」我說：「可對 Wolfgang。」Wolfgang 是日耳曼語族常用的人名，本意為野狼行走之路，歌德、莫扎特都用此名。朋友聞言大笑。

課堂結束後去逛書店，看到一本莎士比亞十四行詩集（sonnets），朋友又問：「Shakespeare 可對什麼？」我想了一下說：「Shakespeare 是揮矛的意思，又是人名。商紂王叔父名比干，《尚書》〈牧誓〉：『稱爾戈，比爾干，立爾矛。』可以為對。」

朋友又問：「十四行詩呢，如何對？」我說：「取個巧就容易

了。Sonnet 早期譯作商籟，商朝的籟就對秦地的箏吧。」朋友笑道：
「明明是 net，怎麼譯成籟？」我說：「大概譯者是閩粵湖廣人，n、l
不分吧。」

今天偶爾回想，這些插科打諢的材料倒是可以編一首無情對的
五律。

> 商籟巧成句，秦箏難奏歌。
> 比干心已盡，Shakespeare 事猶訛。
> Foxtrot 狐疑少，Wolfgang 狼藉多。
> 學師羅宋佬，忙煞半唐娥。

一月十六日

收到承乏主編之《華人文化研究》樣刊一冊，感恩！

入住此地許久，幾乎每天早上都呆在家裡打「電動」，隨便吃點
麵包麥片就好。今天是第一次出來好好吃個早餐，只因必需下樓取
件。不過還要趕別的工，無暇細讀樣書，那索性就相機先讀吧！七律
打油曰：

> 樣刊收訖讀無遑。摩卡一杯聊點粧。
> 門面功夫還懶做，牆頭興致又何妨。
> 早餐少坐咖啡館，晚睡多燃案牘光。
> 若問沈腰都幾許，難消雙扭正和旁。

一月廿日

連續兩天隨侍潘美月老師，昨天到國父紀念館參加「孔德成先生百年紀念展」，與業師吳宏一教授巧遇。今晚又列席「風雨一盃酒：孔德成先生紀錄片試映會」，與許多師友喜相逢（尤其張蓓蓓老師，並不知道我在臺灣，昏暗燈光之下竟一眼認出我來，令人感動）。籌辦各單位的辛勤努力，實在應致以深深謝意。

孔老師經歷的近百年風雨，也是兩岸大歷史的縮影，全片皆娓娓道來，有條不紊。諸位老師受訪，談起孔先生的為人、為學，雖然非常熟悉，仍然使人動容。可詫異的是影片快結束時，有一張潘老師攙扶著孔老師的照片，只聽得左側的李隆獻師母輕輕說：「煒舜！」我定睛一看，照片中自己的確跟在兩位老師後面。散場後，潘老師說這張照片也許是從她那裡流出的，我不由想起那段往事。

大概是二〇〇六年春天的一個週四，在佛光大學共事的黃德偉老師從宜蘭來到臺北，要與從前外文系的老同學彭鏡禧教授聚餐，請潘老師、曾永義老師作陪，順道把我也拉上。我那天下午旁聽孔先生的「金文選讀」課，德偉老師一時興起，也跟著同去。恰巧周鳳五老師有資料向孔老師求教，只能借此時段討論，我們於是都侍坐一旁。德偉老師閒著無事，用他新買的專業相機拍攝了多張課堂照片。六點下課時，潘老師走進教室，扶著孔老師起身，示意我們隨行。孔老師、周老師、許進雄老師、葉國良老師都參加了德偉老師的飯局。我那晚被周鳳五老師灌醉了，幸好自己從來沒有借酒裝瘋的劣跡，非常平靜，令曾老師大為「稱許」，孔先生也留下「深刻印象」。（限於篇幅，留待他日有機會再表。）

說回紀錄片選用的那張合影，相中潘老師扶著孔老師，而孔老師眉頭略皺，伸出右手。何以哉？原來他起來走了幾步後，才發現有

樣東西不見了：「我的拐杖呢？」他問道（語氣其實還滿萌的，呵呵）。

我之所以被德偉老師「偷拍」到，就是因為發現孔老師起身時忘了掛在黑板粉筆槽上的拐杖，所以趕緊拿了跟在後面。聽老師這麼一問，立刻遞上。

很久不曾**翻**閱這張照片——恐怕一時也不知道存放到哪個硬碟，不虞今晚竟出現在大銀幕上。每個細節都歷歷在目，轉眼竟已一紀有奇了。謹謅七律一首曰：

> 國之重器復安尋。作寶尊彝唯吉金。
> 鈞石量茲鼎與德，詩書繫處瑟耶琴。
> 時哉行止皆存古，莞爾笑言猶撫今。
> 天下滔滔何所杖，杯中聊寄故園心。

一月廿二日

是次訪學，初抵達時因宿舍遞補久而不上，遂另覓他處。住所鄰近的這家影院，以前在臺灣工作時就常去，暑假時有　口觀影二部者。誰知此趟來臺，為自己安排的工作太過繁蕪，不是外出開會便是宅著趕工，數月之內竟無一次涉足此間。（日前孔德成老師的紀錄片，倒是來臺後所觀第一部。觀影時雖然戚戚焉，但應編導所籲，邊看邊挑毛病，看完後抓出七條，當晚便冒昧發了電郵給有關單位。因而未敢視為娛樂。）直到春節返港在即，今晚才終於抽空買了張《霸王別姬》紀念版的電影票。不然實在說不過去了。七律打油曰：

難得經年作並鄰。秋冬展眼又開春。
陰晴自顧光和影，營役且隨昏復晨。
項二霸王徒破釜，李三太子羨分身。
梵天順道唯參禮，當下何勞問果因。

一月廿三日

　　汶川地震後，蜀人紛紛以「雄起」一語相互勉勵，此語因而廣為人知。今天忽然想到，「雄起」可以對「雌伏」，上網一看，原來流沙河早有此說，並以此謂「雄起」一語至雅。鄙見亦可謂心同時賢矣。再以無情對作五律一首曰：

雄起因雌伏，看低故跳高。
拗柴真乞米，結棍任開刀。
枯骨曾鮮肉，豆羹啥碗糕。
吃瓜防割韭，買醉讀離騷。

注釋

雄起：四川話加油之意。四川人認為加油讀起來軟綿綿，不如雄起二字的讀音有氣勢。考古漢語中，雄起為崛起之意。如漢緯書《尚書帝命驗》：「有人雄起，戴玉英，履赤矛。」清宗室昭槤《嘯亭雜錄》：「蒙古生性強悍……雖如北魏、元代皆雄起北方者。」

雌伏：母雞趴在窩裡。比喻屈居人下。語出《後漢書》〈趙典傳〉：「大丈夫當雄飛，安能雌伏！」

看低：小看、低估之意。

跳高：一種田賽運動，有急行跳高、撐竿跳高和立定跳高三種。

拗柴：粵語，腳腕扭傷的俗稱。

乞米：索取粱米。《陳書》〈宗元饒傳〉：「合州刺史陳褒贓污狼藉，遣使就渚歛

魚，又於六郡乞米，百姓甚苦之。」粵語引申為丐討之意。

結棍：上海話，指厲害、強、狠、很好。

開刀：古代刀殺的刑法。現代指外科醫生為病人動手術。引申為對人採取懲罰
　　　的行動。

枯骨：屍體腐爛後留下的骨骸。《後漢書》〈寇恂傳〉：「昔文王葬枯骨，公劉敦
　　　行葦，世稱其仁。」又指枯瘦的身軀。杜甫〈逃難〉詩：「疏布纏枯骨，
　　　奔走苦不暖。」

鮮肉：全稱小鮮肉，網路語言。指年齡在十二至二十五歲之間，性格純良、感
　　　情經歷單純、長相俊俏的新生代男性。

豆羹：豆，木碗。豆羹指以豆器所盛的羹湯。《孟子》〈盡心上〉：「仲子不義，
　　　與之齊國而弗受，人皆信之，是舍簞食豆羹之義也。」比喻微薄簡陋的
　　　食物。

碗糕：原作碗粿，流行於臺灣的米食製品，成品置於碗內，分甜、鹹二類。閩
　　　南話「蝦米碗糕」，貶抑語，「什麼東西」之意。

吃瓜：網路潮語，表示一種不關己事、不發表意見，僅圍觀的狀態。普通網友
　　　們常常戲稱自己為「吃瓜群眾」，而「瓜」則表示某個熱點八卦事件。
　　　與粵語「食花生」之意近似。

割韭：金融潮語，指莊家炒高了股價或幣值，等散戶進來再出貨砸盤，砸到低
　　　位，並不斷重複以上方式。散戶被稱為韭菜。

買醉：買酒痛飲，以圖行樂或解愁。

離騷：戰國時代辭賦，相傳為楚國貴族屈原所作，全長近二千五百字，為《楚
　　　辭》的代表作。

一月廿四日

說「二百五」

　　有朋友問我，「二百五」一詞是否罵詈語，又說從網上搜尋到這
樣一個故事：

　　戰國時期，蘇秦被刺殺，齊王決定報仇，於是命人將蘇秦的首
級懸掛在城門，說要尋找這位除掉內奸蘇秦的義士，獎勵黃金千兩。

沒想到竟有四人去揭榜，還異口同聲說是四人一起刺殺的，人各要分二百五十兩。齊王聞言大怒道：「來人啊，將這四個二百五拖出去斬了！」

這個故事聽起來似乎起源非常晚近，當為好事之徒附會編造（而且個人認為也沒有很好笑）。據我所知，二百五就是半調子的同義詞。

傳統中國雖有十二律，但一般採用五音階，即宮商角徵羽（do re mi sol la），變徵（fa）、變宮（si）二音分別與徵、宮相差只有半度，因此不被視為正音。如果在演奏五音階的音樂時出現變徵、變宮，便有可能是技術不精，跑調了。因此，半調子就是荒腔走板、不專業、不懂裝懂、乃至不開竅之意。

而調、吊同音，古代一吊錢有一千文，半吊是五百，但「五百」一語太常用，不太方便持以損人，因此北京人再把五百對半而成二百五，也就是半吊子的半吊子，這一皮可謂俏得非常高明。上海話的「十三點」，庶幾近之，同樣有貶損嘲弄而非罵詈。（記得我阿姨以前有個口頭禪，說人家是「半導體」[semi-conductor]。半導體也者，時而導電時而不導，一如做人時而明理時而發混也。自鑄偉詞，亦大佳焉。）

漢武帝在位，協律都尉李延年作曲時吸納西域樂，號為新聲變曲；隋煬帝則把龜茲樂納入宮廷十部樂中。西域音樂多半音，可見古樂就不是沒有半調子。正是這些半音的存在，能令「圍者莫不感動」。現代捷克音樂家哈巴（Alois Hába）更在半音的基礎上提出微分音（quarter-tone），那可真是半調子的半調子了。至於巴西的新浪潮音樂（bossa nova）有首代表作叫做〈Desafinado〉，字面涵義就是跑調，而旋律確實以跑調為戲，頗具情調。

話又說回來，因為二百五有一半之意，因此半瓶醋、半桶水，

北方都叫做二百五（無論本義還是引申義）。不過記得從前曾協助翻譯劉殿爵教授〈論持盈及所謂「敧器」〉一文，文中談到古代有種叫「敧器」（漏卮）的器物，水盛一半時底部垂直向下，盛滿就翻倒，滴水不剩。《老子》「持而盈之，不若其已」的論點就是根據「敧器」的特性而發，講述見好就收的道理。但今天的社會要求我們任何事情都要幹到極致，一旦物極必反的時候，想做回二百五都不可得了。七律打油曰：

> 走板荒腔曰半調，大錢半吊亦相同。
> 復加對半二百五，胡可保全三世中。
> 天竺龜茲思舊曲，波莎諾瓦啟新聰。
> 微分音律真前衛，何必持盈水半盅。

一月廿五日

說「十三點」

今天上海的延安東路，位於從前法租界，原名福煦路，以紀念法國福煦將軍（Ferdinand Foch，1851-1929）之故。不過老派上海話中，福煦路還另有一層內涵，那就是十三點的同義詞──因為福、煦、路三字各有十三畫。

何謂十三點？其意蓋與北方話的二百五大致相近，但所指涉的一般是精神狀態，而無關業務能力。其起源至少有三種說法。

說法一，謂十三點就是外文歇斯底里（hysteria）的另一音譯。然歇斯底里一語本來就是上海話對音，無端另譯十三點，未免架床疊屋。

說法二來自民初出版的《上海指南》〈滬蘇方言紀要〉，謂痴字共十三畫，故滬人以「十三點」隱指痴。這一解釋有一定道理，但仍有問題：痴為俗字，正字為癡，共十九畫。為什麼上海人偏愛十三而非十九？其次，即便是痴字，十三畫中有點、橫、豎、折、撇、捺，統稱為點，於傳統習慣不合。

相比之下，個人以為說法三較為可信。上海外灘的海關大樓，名為江海關，近百年來樓頂大鐘每小時都會自鳴，聲聞遐邇。中午和半夜十二時敲足十二下，日日如是。極偶爾的情況下，聽它敲了十三下，就表示零件故障，需要整修了。敲十三下固非正常，但也非完全不敲、徹底壞掉。這種狀態與二百五所描述的一樣，不上不下、不明不暗、不死不活、不生不滅、不垢不淨（都說什麼了，罪過）……這種狀態，精微幽眇，當非一個痴字可以概括也。

正因如此，上海人又就十三點一語發明了許多切口，如「十一點八刻」、「十二點四刻」，都是指十三點。

此外又有「梁山伯」——非關殉情之舉，而是由於此三字滬語唸作「兩三八」，加起來恰好十三也。

又有所謂「電話聽筒」，因老式座機的聽筒恰有十三個音孔之故。

還有「B拆開」，英文字母B左右分拆，剛好13。這與現代北京人避諱「牛逼」一詞而戲稱「牛十三」，真箇「異曲同工」矣！七律打油曰：

> 一筆寫痴十三點，歇斯底里又何干。
> 站牌空覓福煦路，鐘響猶聞江海關。
> 電話聽筒款已舊，英文字母想非難。
> 牛叉離合無他理，京滬同流豈等閒。

身體微恙，臥床竟日。忽然想起年前以叨叨令寫過清十二帝、明十六帝、元十五帝，今晚難做正事，鍛鍊一下腦筋，不如寫寫宋十八帝好了。

　　　拜什麼翊聖、佑聖保不好太祖大孝皇帝。
　　　說什麼傳子、傳弟信不過太宗廣孝皇帝。
　　　封什麼泰山、梁山鬧不盡真宗元孝皇帝。
　　　仗什麼文曲、武曲話不窮仁宗明孝皇帝。
　　　尊什麼伯父、叔父理不順英宗宣孝皇帝。
　　　變什麼新法、舊法拿不穩神宗聖孝皇帝。
　　　紀什麼黨爭、黨禁刻不完哲宗昭孝皇帝。
　　　研什麼書法、畫法罵不休徽宗顯孝皇帝。
　　　嗟什麼辱國、辱身受不住欽宗仁孝皇帝。
　　　分什麼汴州、杭州問不得高宗憲孝皇帝。
　　　議什麼主戰、主和由不了孝宗成孝皇帝。
　　　辨什麼畏妻、畏父扶不起光宗慈孝皇帝。
　　　論什麼叔姪、伯姪羞不已寧宗恭孝皇帝。
　　　尊什麼程學、朱學瞧不上理宗安孝皇帝。
　　　贊什麼周易、周禮寫不出度宗景孝皇帝。
　　　奉什麼顯教、密教找不著孝恭懿聖皇帝。
　　　認什麼閩江、粵江逃不掉端宗愍孝皇帝。
　　　忠心報答趙官家也麼哥，
　　　忠心報答趙官家也麼哥，
　　　葬什麼崖山、南山吃不消少主趙昺皇帝。

二〇一九年一月

一月卅日

去年八月在新加坡宣讀的拙文〈興衰女仔館：香港早期女子教育史的一隅〉，篇幅雖三萬字，所言卻不盡意，於是計劃分拆為三篇。直到這兩天，才終於把第三節從七千字擴充了一倍，大抵見得人了。粵語七律打油曰：

> 典籍從來無句真。幾行敘事便為文。
> 百年離合搵嚟搞，雙兔雌雄點去分。
> 層累造成古史辨，單挑谷起雜牌軍。
> 精神糧食得啖笑，何計刊登皮費夭。

同仁於社交媒體寫道：「在今天的創作課上，我問在座的二十位同學是否看過《花樣年華》，只有一位同學舉手，另外有兩位同學看過一部分，我實在有點驚訝。」有感而打油七律一首曰：

> 十八春秋憶好漢，依家一問三唔知。
> 後生羽翼真堪畏，前浪沙灘梗要推。
> 又值年華耍花樣，不如正傳扮阿飛。
> Nat King Cole 曲識幾首，驚艷當時稱久違。

一月卅一日

中文大學本部廣場入口處的地上，見到三頁紙，兩頁如線裝書

的封面，一頁白道林紙，上有于右任的肖像。拾起一看，封面頁寫著：「標準草書　第十次本　吳敬恆謹題。」擔心于公像遭到踐踏，於是拾起。早茶完畢後，又途經廣場，遠遠望見一個二手書攤位上有一本缺了扉頁的線裝書。我拿出那三頁，問負責同學道：「這是你們這本書的缺頁吧？」同學一看，頗為歡喜。

能讓此書復成完璧，亦一快事。七律打油曰：

昔聞厥首成顛隕，今見封皮竟易筋。
焉用草書論標準，仍需花體寫經綸。
轉型重認家還國，完璧猶追夏與殷。
治史何從改舊案，文忠不愧顏清臣。

二月一日

　　與關子尹教授聚餐新亞雲起軒，樓前櫻花爛漫，倒想起不久前造訪宜蘭佛光大學雲起樓，又到左近的櫻花陵園拜祭勞思光先生。

　　餐後一邊品嚐帶著金屑的「麥亂舞」威士忌，一邊欣賞 Domingo 和 Sissel 合唱 Mascagni 歌劇《鄉村騎士》（Cavalleria Rusticana）中的間奏曲聖母頌（Ave Maria Intermezzo），分別以 crystalline 和 celestial 二語狀述歌聲，誠可樂也。謅小令浣溪沙一闋曰：

> 促膝又逢雲起時。
> 韶光正在早櫻枝。
> 須臾相賞莫相違。
>
> 秋雁影蹤思北德，
> 夜鶯曲調醉西施。
> 黃金音漾水晶巵。

注釋
西施：Sissel

二月二日

　　一天之內，竟有五場邀約。師友重逢，畢竟高興，不欲八股套路，僅以三句半打油體試寫正事，且看效果如何。

一、陸潤棠老師長期擔任中大早餐會長，可惜我的早餐一般都在家解決（如有早課，餐點更是簡單），因此至今猶非會員。今早竟能和陸老師在咖啡閣喝 morning coffee，暢談時代曲，難得之甚。

咖啡亦可醉。

通粉如編貝。

晝寢幾曾來，

餐會。

二、廈大李若暉兄嫂遊港，約在中大見面，贈以新著。與若暉兄定
交，在二〇〇九年揚州大學文選學會議上。其後兄臺曾造訪中
大，以秦政與儒學為主題，作精彩演講。轉眼十載，兄臺已有子
女各一，活潑可愛，令人生喜悅心。

把盞憶維揚。

忽成兒女雙。

海濱何所論，

秦皇。

三、中午與數學系方博士及小妮、晨婕兩位研究生聚餐。方兄談到當
日任教一科，演算求證本有定式，然諸生或乏精進之心，作業隨
興揮筆，不啻中文系之創意寫作也。

創意安能託。

語文同數學。

低聲問票房，

毒藥。

四、趕到荔枝角與中學同學 Bruce、Henry、Edmon、Howard 下午
茶，談論母校一百五十週年修史事宜。

二〇一九年二月

> 空言都一紙。
> 至善止於此。
> 無處可加分，
> 校史。

五、晚上趕到大埔與文匯師、楊太及 Doris、Jessica 聚餐。在我眼中，文匯師對師徒分際的拿捏，是具有典範性的，值得好好觀摩學習。

> 為父離猶即，
> 為君即亦離。
> 非離復非即，
> 為師。

二月四日

除夕之夜打「電動」，和北洋大總統、執政們「團圓」。詩鐘曰：

> 慣援西學充文案，敢笑北洋多武夫。

二月七日

夢中聞香頌〈Mon coeur est un violon〉一曲，醒後不寐，口占〈浣溪沙〉曰：

梵啞鈴聲蕩我心。

爾弓觸手即佳音。

抹挑攏撚數痕琴。

屈指闌珊成永夜，

回頭明滅是輕陰。

散為霞色曉難尋。

己亥初三南丫島七律打油一首：

博察天海弄晨暉。鷹影高低彩幟飛。

同渡皆如客賽馬，滿城不絕妃呼豨。

跫音少日驚回耳，心事中年慣皺眉。

漫說韶光無限好，俾昏作曉所知誰。

二月八日

　　二〇〇七年隨潘美月老師至成都參加宋代文學會議，會後參觀三星堆博物館，購得一青銅雞。今天竟被家母找了出來。鳥類的形象和隱喻，在神話中佔有極重要的地位。茲謅七律一首曰：

澄觀普照即離朱。日月重明思有虞。

開落槿花都未盡，攬擥瑤草更無須。

豈非天上九頭鳥，不外桑顛三足烏。

擣撶華陽十二志，憑誰杳邈說魚鳧。

二月九日

向馮以浤、張曼儀教授伉儷拜年，謅叨叨令一首：

> 更幾年赤口、黃口都一樣歡歡喜喜的賀。
> 更幾題純數、應數合讓他渾渾噩噩的做。
> 更幾級中文、英文總難免層層疊疊的墮。
> 更幾間男拔、女拔知多少關關節節的錯。
> 役己道人也麼哥，
> 役己道人也麼哥，
> 更幾隻雪鴉、草鴉且由他睜眼閉眼的過。

七律·己亥初五謁黎澤倫校長伉儷：

> 彤雲照眼自年年。曲徑韶光每佔先。
> 春葉生時疑向晚，歲華來處訝如煙。
> 十行手墨存金匱，幾瓣心香託水仙。
> 何咎顧迴思白賁，縱無一事也堪傳。

二月十日

赴機場前，用家母所教的微波方法做水煮蛋，聊充一餐。七律打油一首。

人生最好是歸零。牽繫全消靠掛零。
從此千年齊刹那，幾曾六道覺飄零。
前思不外無情執，回顧何需又涕零。
一片渾淪逝日返，欣然開始總由零。

二月十三日

　　有幸忝列臺北書展，在漢珍圖書舉辦「近代圖文敘事研討會」上
順利完成發表演講，感謝朱董和同仁的邀請！這次的內容是朱董命題
的，亦即〈北洋元首詩漫談〉。過年前重新翻閱袁世凱、黎元洪、馮
國璋、徐世昌、曹錕、段祺瑞諸老的詩文，直到大年初一才完成投影
片。不過初次嘗試，必有大量疏漏，藉此良機，溫故知新罷。演講
後，繼續聆聽後面幾位學者的報告，誠然各有千秋，獲益良多。七律
打油曰：

　　　　巫史難分溯禹湯。主持風雅止隋唐。
　　　　相忘袁段徐曹夢，漫說東南西北洋。
　　　　開口無非大總統，問心只是小文章。
　　　　軒轅四面逢初九，未若重參大梵王。

二月十五日

　　又是一番天昏地暗，終於看完拙著《明代後期《楚辭》接受研究
論集》一校稿，希望沒有耽誤編輯部的時間安排。詩鐘打油曰：

　　　　走油冷飯還須炒，無米熱鍋徒再燒。

二月十八日

微醺打油七律一首：

> 五葉如何開此花。一撈過界枉嗟呀。
> 暮遲舟舟三春盡，病起蕭蕭兩鬢華。
> 漫說詩詞能載道，號稱文史不分家。
> 信知綺業邊緣化，不若從初學種瓜。

二月廿日

去年十二月參加研討會，擬定〈北方神佐玄冥〉一題，只是撰寫投影片大綱。本以為不難寫得肌骨豐盈，沒想整整一週疲勞戰才初步完成。七律打油曰：

> 堯土舜華和禹蟲。原型研究也迷濛。
> 本知吃力難討好，豈料傷神加費功。
> 不易尋人找到北，盡如請客做回東。
> 高陽苗裔燭陰夢，鯀腹更能開幾重。

二月廿二日

感謝李隆獻老師、師母邀約，與久違的周志文老師伉儷相會聚餐。志文老師以新著《躲藏起來的孩子》相饋，隆獻老師以完美的音響器材先後播放了馬勒《第三交響曲》、巴赫《十二平均律曲集》和柴可夫斯基《第一鋼琴協奏曲》，加上志文老師論樂如老吏斷獄，令

人心曠神馳。

　　賞樂完畢，得以品嚐師母毫不家常的家常小菜，佐以白酒，真一樂也。可惜志文老師近日抱恙，只能以醋代酒，然亦克盡興而返。謹謅一律致謝。

　　　　未防仙樂意如城。弦管籤函擁一城。
　　　　醨酢淺斟也機趣，春秋深義即干城。
　　　　鶯飛蒼靄留銀幅，馬勒黃昏下碧城。
　　　　似此繁星何處夜，昭回雨後紫微城。

二月廿三日

　　淑韻同學新婚誌喜，聯曰：

　　　　淑人其德其儀，友于琴瑟傳佳韻；
　　　　仁者無憂無惑，刈彼薪芻耀景星。

二月廿四日

　　以前在宜蘭工作時，每次到臺北來都行色匆匆，去哪裡都是捷運和計程車兩種選擇——何況那時還沒有智能手機，既無衛星導航，也無公車資料。

　　這半年住臺北，倒常常喜坐公車。臺北的公車博愛座甚多，我一般都寧站勿坐，順便練習腳力。今天車坐到一半，上來八九個老外，堵得頗緊。到我下車時，只好說了句「Excuse me」——這是成長於香港而培養的、已經進入潛意識的習慣。（嚴格來說，如果那麼

希望遊客入鄉隨俗，便應該學學法國人的作派，對他們以國語說「抱歉」、或以臺語說「歹勢」才對，而非看到哪國老外都只管撂英文。）誰知一個老外回我：「Sumimasen!」

「Oh, am I so Japanese?」我笑著答道。老外們聞言滿臉粲然。

這時，我忽然想起當年孔德成老師對我講的一句：「你的頭髮越來越長，快趕上日本的小泉首相了。」頭髮一長，臺灣、香港街頭就會有人對我說日文——縱然我實際上一竅不通。這回沒想到老外也如此。

看來又到光顧理髮廳的時候了。七律打油曰：

> 不遑作勢復裝腔。管是英腔是美腔。
> 笑汝和文謝華胄，偏吾正字愧圓腔。
> 往還總要行中道，平仄何須拍老腔。
> 一別半年猶未別，沿途處處廣東腔。

二月廿六日

連續幾期協助龔鵬程老師、楊松年老師主編半年刊《華人文化研究》，最新一期終於付梓了。再次感謝編輯團隊，和慷慨賜稿的師友們，也望新朋舊友日後繼續支持！

> 亦作良朋亦作師。而今舊雨昔新知。
> 慎乎不睹前車跡，校者吾慚右手胝。
> 金線逐年都壓慣，藍圖析頁又刊遲。
> 幾多綺障隨心轉，文字禪猶法佈施。

三月二日

段祺瑞《正道居集》的編註工作終於接近尾聲了。延宕太久，必須借今年訪學的契機將之完成。五年前在上海圖書館找到的集子，分為文目八篇、詩目三十五題。此後不斷從史料、舊報刊乃至拍賣品中有新的作品發現，到目前為止，計補得文（包括少數聯、頌）二十七篇、詩十一題，邀臺、港近三十位同學分工註解。若干重要的通電、公告，也編為附錄。春節後返臺這段日子，統整同學的註文，稱許大家用心之餘，也作了不少增刪、調整、補撰、改寫。全書篇幅竟達二十萬字，出乎當初料想。

謹對各位同學的義務幫忙致謝。段昌國教授、王漢國將軍為本書作序，亦是盛情難忘。謅叨叨令一首曰：

> 見慣了孫大砲、袁大頭戴他頂金盔碧纓的帽。
> 笑慣了曹三傻、張三多當他作殺人越貨的盜。
> 罵慣了李合肥、段合肥算他是喪權辱國的號。
> 讀慣了周瘦鵑、秦瘦鷗隨他去義正詞嚴的報。
> 政局蜩螗邦之不幸也麼哥，
> 政局蜩螗邦之不幸也麼哥，
> 過慣了一百年、兩百年仍是在翻天覆地的鬧。

三月七日

上週在跑步機上運動時，電話驟響受驚，右膝扭傷。本想訴諸「自然療癒法」，誰知昨天幾乎舉步維艱。今日只好復健去也。謅七律一首曰：

無身無患等閒春。中歲乍知吾有身。
罡斗未攀成禹步，骨骸已脆說堯辰。
熱敷光照浮屠窟，電振心迴日月輪。
膝下黃金都幾許，挺腰方可作新民。

三月九日

　　向晚在沙發小休，不覺入眠，忽有異夢。夢中天地昏沉，一枚大星半懸於天，其狀與書中所見火星相仿，但竟如日月一般大小，望之詼詭。時有煙雲、流星掠過，人間一切影影綽綽，張目難見。

　　醒後偶與友人談及，友人傳來一段解夢書的文字如下：

　　火星為南斗之浮星，在數（後天）主宰凶惡，又號殺神，五行屬火為陽火是為丙火，主分裂為動力轉能源，是為大殺將軍，利東南生人。夢見火星：火星沖天是吉祥富貴，火星落地子孫傷天。做夢之人多為做事乾淨、利落的性格，而且還會稍顯急躁。而夢見火星，則預示做夢者可能會遇到一些小爭端，提示做夢者要保持一個良好的心態，盡量避免衝突和矛盾的發生。

　　我看後笑道：果真如此，這個夢大概是提醒我康復後運動時不要跑太快了。乃塗鴉〈熒惑入夢文〉曰：

歲次淵獻，月在娵訾。首出蒼龍，魄既旁死。
患惟余膝，隱几頮洞。晡夕之時，熒惑入夢。
赤如丹火，厥狀黃囊。並出幻日，黯黯少光。
煙霞散漫，往來蕭索。藹藹浮浮，山河俱墨。
以熠以耀，雨若霣星。未及於地，窈兮冥冥。
俄而驚寤，莫覯其由。啟書筮之，用問咎休。

讖曰火星，丙丁其尤。於數主殺，南斗之浮。
熒惑經天，迺有餘祉。明入地中，遺茝孫子。
矯哉強陽，維馳維騁。躁固勝寒，復歸於靜。
遊心太玄，拊髀噫噓。德既充體，笑余趑趄。
乃作歌曰：
不知此身兮為形役。不知此世兮眇無極。
不知吾道兮服無斁。
縱黃帝所聽熒兮，我獨渾淪以為式。

三月十一日

近日運動傷膝，復健時忽思漢語諸方言中，老字運用甚多，而
以粵語最為多姿多彩。茲隨手編成韻語，以博諸君一粲。

長男曰老狗，長女曰老藕。
年高曰老坑（國語「老漢」之對音），
德劭曰老九（此非粵語，湊韻而已）。

早熟曰老積，懷舊曰老派（粵語讀陰平）。
過時曰老餅，奄息曰老柴。

客氣曰老禮，洋服曰老西。
鄉氣曰老土，體垢曰老泥。

死黨曰老死，管事曰老世（來自日文「世帶主」）。
連襟曰老襟，資深曰老鬼。

杜撰曰老作，冤枉曰老屈。
誤導曰老點，吐槽曰老窒。

盜版曰老翻，竊掠曰老笠（來自英語 rob）。
醬油曰老抽，幼弟曰老濕（粵語梧州方言）。

表親曰老表，上司曰老頂。
脾氣曰老脾，鎮靜曰老定。

粉媒曰老舉（老上海話同），
癮君曰老同。
親家曰老襯，先生曰老公。

公公曰老爺，家嚴曰老竇。
家慈曰老母，交深曰老友。

紅伶曰老倌，玉女曰老處。
龍鍾老兀兀，不識曰老鼠。

劈酒去老蘭（桂坊），濕平去老尖（沙嘴）。
打蟗搵老麥（當勞），行賄搵老廉（政公署）。

差館老差骨，戲院老戲骨。
世故老水鴨，該死老而不。

字字老人言，豈必皆老奉（奉旨，理所當然之意）。

謂予不老實，真箇老懵懂。

三月十四日

非常感謝建業的邀約與安排，至香港城市大學以〈唐宋詩與舊體詩寫作淺談〉為題作公開講座！詩鐘打油曰：

陰陽上去無途入，唐宋元明一桿清。

三月廿日

日前采琦同學告知，其尊翁鑑銘先生故世，心中頗為不捨。十餘年前，采琦令堂金笛女士以大學教師之資，自強不息，入讀佛光博士班，師從潘美月、曾永義二位老師，故與其舉家相識。二〇〇八年，金笛博士更邀潘老師與我自駕暢遊德國，采琦一家三口輪替駕駛，自柏林沿維騰堡、哈勒、萊比錫、埃森納赫、德萊斯敦，越境直全布拉格。

鑑銘先生漢姓金，滿姓實維愛新覺羅氏。當日初見面時，即深感其酷肖睿親王嫡孫、民初文人金寄水。（此與我大二暑假初見任元培兄，即深感其酷肖清世祖皇帝，如出一轍。）然鑑銘先生謂幼年隨父赴臺，祖上譜系已不復記憶，唯知有名曰塔古敏阿者。顧其子女各有創成，於先祖當無所愧怍矣。

鑑銘先生性情中人，而平易樂天，娛酒不廢。近年飽受化療之苦，而金笛教授每有研討會，必相攜以往，足見鶼鰈情深。邇聞喪禮定以天主教儀式，然仍試撰輓聯，用表寸心。其聯則據《大戴禮》〈武

王踐祚〉：「王退而為戒書，於席之四端為銘焉，於機為銘焉，於鑑為銘焉，於觴豆為銘焉……鑑之銘曰：『見爾前，慮爾後。』」聯曰：

慮爾後，見爾前，以裕以光，且佩東珠存故國；
刻于觴，誌于豆，維斟維酌，自援北斗作新民。

三月廿一日

今天中午與段昌國老師、師母和周伯戡老師在俄國館子聚餐。段師母臨別時贈以俄國柳花茶〈Ivan-chai〉。忽然想起這種花茶，民國曲家盧前曾在新疆見過，以〈天淨沙〉吟詠：

柳花不比他花。
卻似龍井春芽。
綠色清香一把。
羽翁應詫。
茶經未載之茶。

而沙俄時代有一曲〈垂柳〉（Ivan-chai），我閒時頗喜自唱，且曾將之譯為可唱之中文，在「文學與音樂」課上有所討論。今日有緣，真是百聞不如一見！謅七律曰：

香茗曾吟天淨沙。憶聽羅宋舊笙琶。
鶯聲夜半歌垂柳，夕照春分隨落花。
刀箸乍思彼得堡，壺盅故酌伊凡茶。
心頭影事知何許，層疊紅衣入套娃。

三月廿五日

　　今年是中學母校一百五十週年，同級同學募得三百萬善款，捐給母校，為有需要的學子提供幫助。我也藉此機會錦上添花，主持出版兩種書籍：其一為我這十五年來所寫關於母校校史的四十多篇小考證文章，其二為六十年間（1880-1941）頒獎日剪報的校勘本，前者為輔，後者為主。

　　從一八八○年到一九四一年，香港各大英文報章都會大篇幅刊載中學母校頒獎日的消息，其中往往包括港督、主教、校長的致詞和報告，乃至獲獎者名單。母校最初為慈善機構，依賴本地捐款；沒有大學的年代，又在本地教育界佔有重要地位。由於校長每年都會在頒獎日宣讀年度報告，因此報章都會鉅細靡遺地報導，讓募捐者了解該校運作情況。中學母校當年保存的這些資料早已毀於二戰之中，如今失而復得，令人驚喜。

　　十九世紀，香港有三大男校：聖保羅以培養神職人員為主，皇仁以培養公務員為主，拔萃以培養商人為主，而後兩所學校的畢業生，在香港影響尤大。如孫中山、施炳光、羅旭龢等人，往往先後就讀拔萃、皇仁兩校，人脈也得以拓寬（有人戲稱為官商勾結）。因此，研究拔萃、皇仁的校史，並非只如「中學雞」一般，滿足那種無謂的虛榮心那麼簡單。

　　有趣的是多年以前，有位師長對我說：「你都博士畢業了，還時時寫些關於你中學的小文章。難道你現在還需要靠炫耀中學來表示你很優秀麼？」對於這位師長的關懷，我自然心領。但我必須說，我對中學校史的興趣的確始於一種情懷，但在研究場域浸淫久了，卻會更客觀、更抽離。（有時覺得在歷史系真好，研究中學史完全不成問題；但在敝專業，一旦不涉及作品文本，就是不務正業了。說好的文

史哲不分家呢？……）不過話說回來，這些小文章都是我利用休息的時間完成的。休息的時間，本來就不應做太多正事：去逛街、吃飯、看電影、旅遊，可以風過無痕；但若「切換模式」去寫些小文章，倒留下野狐禪的把柄，可謂怪哉。

當然，所謂「拔萃精神」到底是什麼？你固可揀好的方面說，但它也可能成為一個「垃圾桶」，炫耀顯擺、目中無人、離地十丈、文過飾非……真如「民主」一語那樣，好的壞的都一概推到它身上去。這大概也是包括我那位師長在內的朋友們都對拔萃不無感冒的原因。不過，如果一提及拔萃就成為罪過，那我還真不知道這種歧視到底是屬於順向還是逆向了。七律打油曰：

> 當年殆是怕天窗。頒獎新聞知幾椿。
> 戰後雖云猶屈指，人前只畏太裝腔。
> 誰思草創孤兒院，堪笑花頭染布缸。
> 謦咳也能編歷史，卷宗何況一籮筐。

三月廿六日

承蒙各位關心，右膝至今仍有一丁點卡住的感覺，但康復得不錯。這段時間一直堅持適量運動，如此也有利痊癒。

今日運動時，忽然想到跛子的典故，中國先秦的郤克、孫臏固然是著名者，而羅馬神話中的匠神武藏（Vulcan, Hephaestus）也是瘸腿。據說西方上古瘸腿者由於不良於行，往往從事鐵匠工作，上半身肌肉極為發達。武藏就是這種社會現象在神話中的呈現。（《神雕》中馮默風從事此業，可見金庸也受到西洋神話影響。）

此外，中學母校在近百年間都有一個「阿跛書院」的諢名（跛音

掰，和臺語一樣），這是因為有位做了四十年校長（1878-1918）的 Mr. Piercy 幼時罹患小兒痲痺症，從小跛足。我近來打「電動」之餘，從事校史編纂，倒是真箇身體力行地成為阿跛書院的校友了。七律打油曰：

尼父虛談夔一足，其行跰踔有高低。
武戢打鐵還須熱，郤克率師終勝齊。
兵法未編慚子臏，書齋猶在笑阿跛。
從來運動成生命，步履宏開何用迷。

三月卅一日

感謝政恆、馮傑二兄相邀，讓我有機會在香港電臺和大家分享拙著《先民有作：古逸詩析註》。諧詩鐘一聯曰：

楚歌為狀慨當慷，唐棣之華翩以翻。

四月一日

今天下午與孫姐到楊風老師家賞花，共進晚餐，並商議訪談之事。楊風老師既是哲學、佛學研究者，也是著名文學家。他的住所在殷海光故居隔壁，是老式的宅院，進入後彷彿來到另一個時空。以前到老師家都是晚餐後喝茶，今天蒙孫姐安排，得以在黃昏參觀老師的畫室和小院，非常高興。

楊風老師與潘美月老師、黃慶明老師、陳修武老師、黃士強老師等多年前組織了一個「食黨」，每逢週二晚上聚餐。十幾年前我在臺灣工作時，便不時隨潘老師敬陪末座。晚餐結束後，大家會到楊風老師家喝茶談天，座無虛席。座中年紀最長的師大英語系退休教授吳匡老師，是西南聯人高我祖父一屆的學長。吳老平易近人，一口寧波腔尤其令人感到親切。

後來我回香港工作，返臺探望潘老師，如果碰巧是週二，潘老師仍會帶我去聚餐。二○一四年十一月中旬，我在睽違許久後又來到這個聚餐，老師們看到我都很欣喜。由於第二天早機回港，當晚不能去楊風老師家。老師們站在餐廳門口向我揮別的情景，令那個清冷的冬夜流動著絲絲暖意，至今記憶猶新。二○一七年七月返臺，有緣再度參加聚餐。黃士強老師遞給我一張卡片，說是吳老百歲壽辰，讓我也簽名祝賀……

我很早便萌生為老師們安排訪談的念頭，但每次都來去匆匆，難以啟齒，耽誤了太多時間，錯過了太多機會。這次能邀請孫姐為楊風老師作訪談，而楊風老師神采奕奕，言笑晏晏，令人歡喜。在此謹祝老師福壽康寧，訪談工作順利完成！讔七律一首曰：

風清雲冷向黃昏。小院春深不掩門。

梔子籬前花幾瓣，魚兒池底水無痕。

天機入畫元非相，人境結廬猶有村。

歷歷諸賢憶座次，碧茶一盞感餘溫。

附記：下午從家中坐公車到龍安國小站，下車時竟巧遇多年不見的佛光在職碩士班同學世恆、淑溫夫婦和可愛的小朋友們。晚間聚餐結束離去時，又巧遇孝萱老師的先生蔡大哥。人生何處不機緣！

四月二日

今早打「電動」，內容涉及民初大總統曹錕的詠梅詩百首，其五一曰：

春令休和雨澤濡，百般凡卉盡華腴。

此花冷眼微含笑，伴我嚴寒傲霜無。

剛引用、闡發完畢，就看到關於日本的新聞，謂新年號為令和，其語來自《萬葉集》卷五〈梅花歌序〉：

天平二年正月十三日，萃于帥老之宅，申宴會也。于時初春令月，氣淑風和，梅披鏡前之粉，蘭薰佩後之香。……

竊思明治、大正出自《周易》，昭和、平成出自《尚書》，而這令和出自《萬葉集》，不僅體現了本土化，也意味著經學到文學的演變。

　　我對日文一竅不通。記得曾請教一位老師，才知道裕仁天皇發表〈終戰宣言〉時，普通老百姓聽不懂，並非口音不同，而是措辭太過典雅。這些典雅措辭平時極少用到，但在這種莊重場合，卻正好派上用場。個人覺得，年號出自經部，與年號出自集部，語感大概就像〈終戰宣言〉與日劇的差別吧。

　　不過令和之典，還有人查出《萬葉集》大概沿襲《文選》所載東漢張衡〈歸田賦〉：「仲春令月，時和氣清。」有趣的是，曹錕的大作不僅有令和二字，還竟是詠梅詩。莫非曹三爺晚年隱居津沽，真箇博覽群書，連《萬葉集》也看過？一笑。

> 曹三晚歲樂詩書，自詠梅花百首餘。
> 春令休和作成句，秋毫清淨伴離居。
> 倦勤四海聞皆久，易朔兩京知復初。
> 集子史經從細考，斯文未喪亦何如。

　　基本上又打完一場「電動」遊戲。謅一聯曰：

> 毛瑟槍頭，何須以稱尊為務；
> 臘梅筆底，不失其補過之心。

四月四日

　　追陪關子尹教授臺北一日遊，謅八亦八半各三首以記之。其二所謂狼狽，蓋腳力尚未完全恢復，誠如關老師所言：「你的右膝傷

患，我的左足也仍『卡住』，我們臺北相逢，可以『狼狽為奸』了！」

亦綠亦藍流水，亦寒亦煖芳春。
亦舊亦新好雨，亦還亦往亭雲。

半龍半虎星辰，半鹿半牛鼎鑊。
半鶊半燕圖騰，半狽半狼行腳。
　　　　（中研院歷史文物陳列館）

亦鑄亦鐘音色，亦秦亦楚文辭。
亦敬亦忠王道，亦朱亦墨心思。
　　　　　　　　（又一首）

半淡半濃翰墨。半莊半孔華年。
半去半留惆悵，半存半佚詩篇。
　　　　　　　（莊嚴書法展）

亦士亦洋食譜，亦紅亦白羹湯。
亦偶亦儔故國，亦遐亦邇原鄉。
　　　　　　　（明星咖啡廳）

半俗半仙廟貌，半禪半道晚鐘。
半滅半生舍利，半無半有路衝。
　　　　　　（武昌街城隍廟）

二〇一九年四月

四月五日

　　果然高手在民間，友人傳來此詩，讓我學到一種新的拗救方法。

清明時節雨紛紛

按：此採用小杜成句，格律為「平平（平）仄仄平平」。

日日開工覺頭暈

按：此句基本句式為「仄仄平平仄（平）平」，「頭」字失律。

適當時間抖一陣

按：此句格律為「仄仄平平（仄）仄仄」，用了下三仄。

下星期一再見人

按：此句格律為「（仄）平（平）仄（仄）平」，「見」字失律。
總論：此詩第二句「頭」字處，本為仄而用平聲；第四句「見」字處，本為平而用仄聲，似乎失律。但實際上，「頭」字為拗而「見」為字救。吾人學詩，止知單句拗救、雙句拗救，而這位詩人卻發明了隔句拗救，對格律的創新有極大貢獻，令人拜服。
　　至於「紛」為文韻、「暈」為元韻、「人」為真韻，雖屬鄰韻、借韻，卻審音精準，決不似閩臺、潮汕、江浙、湖廣、雲貴方言之混淆前後鼻音。而全詩借古人成句別出機杼，翻斷魂之悲為休暇之喜，文辭質樸而暢達，音節圓轉而諧和，誠佳作也。

四月六日

終於初步完成日本關西大學演講投影片，稍後還請長谷部教授指正。七律打油曰：

> 綜覽昭明卅卷書。楚騷縱有更何如。
> 猿啼風雨還蕭颯，貂續賦詩終屈居。
> 不忍夢迴郗后蟒，枉將讐校魯邦魚。
> 吳兒老叟今安在，發豔開顏遍里閭。

四月七日

子尹、儒賓教授相招，有幸與新故師友暢聚，聆聽學習，可喜也。上次來紫藤廬，已是十載以前，馬齒徒長，可嘆也。席間更得到兩位老師題簽，誠可樂也。關老師所題，有「沈吟少作重欷歔」之句，自忖近年多有粗製濫造，當下亦可欷歔也。七律打油曰：

> 十年又到紫藤廬。蝶夢蘧然莊亦儒。
> 洪堡連篇推韻字，清茶浣盞訏醍醐。
> 詩成最喜韋齋句，物格終慚柏臘圖。
> 修服行迷猶未遠，沈吟少作重欷歔。

四月十日

失眠中，再以無情對謅五律一首。

楊寬論李廣，桐尾奏蒲頭。

打狗非相馬，捉雞成抓猴。

繁欽休簡慢，九夏亦千秋。

薄禮貼肥義，高柴打矮油。

注釋

楊寬（1914-2005）：生於江蘇省青浦縣白鶴江鎮（今上海市青浦區），當代歷
　　史學家。

李廣（？-前 119）：西漢名將，隴西成紀人。

桐尾：《後漢書》〈蔡邕傳〉：「吳人有燒桐以爨者，邕聞火烈之聲，知其良
　　木，因請而裁為琴，果有美音，而其尾猶焦，故時人名曰焦尾琴焉。」
　　焦尾又名桐尾。白居易〈除忠州寄謝崔相公〉：「劍鋒缺折難衝斗，桐
　　尾燒焦豈望琴。」

蒲頭：三國時期西鮮卑君主之一。又粵語，蒲同浮（「古無雙唇音」之子遺），
浮頭即出現之意。

打狗：高雄舊名。

相馬：日本地名。

捉雞：大陸潮語，著急的諧音。

抓猴：臺語捉姦之意。

繁欽：建安詩人，以〈定情詩〉知名。繁音婆。

簡慢：怠慢之意。

九夏：相傳為夏朝的古樂。

千秋：又作秋千、鞦韆，一種遊戲器材。

薄禮：不貴重的禮物。

肥義：戰國時趙武靈王相國，支持武靈王堅持改革。

高柴：字子羔，孔子七十二弟子之一。

矮油：哎唷的意思，故意講成矮油，強調語氣，用於調侃、感嘆。

四月十一日

漢俳四首奉贈長谷部教授

其一
猶是平成歲。
猶是花開花落季。
總得東風意。

其二
臺北出門前，長谷部教授傳來櫻花之圖。
年年櫻樹林。
曼晴千里此春心。
春鳥自佳音。

其三
教授親至大阪機場相迓，悉心安排，令人感佩汗顏。回想唐代文學會
議，同遊新疆達坂城，展眼多年矣。
重逢大阪城。
長憶南疆達坂城。
西東何所憑。

其四
東瀛春寒，教授恐余衣物不足，授以羽絨之服。夜中留宿關西大學六
甲山莊，果能備不時之需。遠眺明石海峽大橋，華燈燦爛，負責人謂
此景未或常見，亦可幸也。

明石海中輝。

六甲高寒勢欲飛。

勞君授羽衣。

〈妄作漢俳，奉酬陳煒舜教授〉長谷部 剛
君在扶桑路
說盡仲珊早梅賦（仄仄平平仄平仄。曹鋸，字仲珊。教授在
船上為我解釋曹鋸詠梅詩）
只怕下寒露（教授下榻的宿舍在於六甲山頂）

四月十二日

漢俳又五首，再呈長谷部兄雅正

其五
關西大學校園繁花盛開。
雲翳雲開處。
晴光艷漾知何許。
錦幛無重數。

其六
關西大學圖書館閱七百年前粘葉裝鈔本《萬葉集》，雅緻可喜。
翩翩蝴蝶裝。
萬葉丹青歌幾行。

花落點回廊。

其七
閲明刊《唐詩紀事》，為祁氏澹生堂舊藏，書末有文徵明親筆題跋。
佳話紀唐聲。
卷卷朱絲篆澹生。
墨跋詫徵明。

其八
閲曹錕民國十五年刊唐玄宗《孝經註》，經、註分雕，前有影寫版曹
氏所書自敘。
孔思猶曾緒。
李三註罷曹三敘。
晚景誰堪慮。

其九
下午「文選騷類研究資料概況」講座，蒙各位新故師友支持、賜正，
謹此致謝。
無酒亦吟騷。
二湘司命亦情勞。
選政亦蕭蕭。

四月十三日

漢俳又六首

其十

今日仍在關西大學圖書館,頗閱海東詩人別集。讀服部擔風詩,有
「恰逢不雨不晴天」之句,又有次韻郁達夫之作。

春愁水樣年。

落花樓榭句聯翩。

不雨不晴天。

其十一

讀神田喜一郎集,有「招魂恨不值巫陽」之句。

福威皆上蒼。

閭閻徘徊多虎狼。

何必怨巫陽。

其十二

讀吉川幸次郎集,忽思其論〈大風歌〉為奇句式,起余者多,故嘗以
曹子桓〈燕歌行〉全篇皆三句一解,共五解也。

燕歌十五句。

連綴三侯成樂府。

微吟意偏苦。

其十三

長谷部教授賜告,石川忠久先生數年前編有《大正天皇漢詩集》。竊
以歷代日皇多有漢和詩歌傳世,或可編一詩史爾。

沈吟大正詩。

總付天王作總持。

豈微蘭若斯。

其十四

長谷部兄為余講解和歌體式，又即興創作一首，雅趣橫生，足見才調。晚餐時又解 gaishoku、naishoku 及 nakashoku 之義。茲櫽括其意。

晴光櫻蕊叢。

加食奔忙一體同。

無分內外中。

其十五

夜宿關西大學在奈良之飛鳥文化研究所。途經明日香村，有飛鳥時代天武天皇及其配偶持統女帝之墓。

瓣花明日香。

飛鳥銜來春隴長。

陵冢自成雙。

四月十五日

漢俳又七首

其十六

天武、持統天皇陵。持統女帝為萬葉歌者，存詩一首。余來此，謁詩人不謁皇權也。

堪數墓何其。

萬葉歌中春漸稀。

曾詠素絲衣。

其十七

石舞臺古墳，櫻花四面，或謂為權臣蘇我氏之墓，然葬後未幾，新皇毀墓，故疑不能辨。

積石為棺槨。

陟降舞臺皆寂寞。

歲歲花開落。

其十八

高松塚有古墳壁畫館，畫風近唐。又出土海獸葡萄鏡，或謂自唐國攜入。

鏡影照天人。

東維箕尾溢清塵。

丹青泥跡新。

其十九

キトラ古墳。在古星圖及四象畫。

雲龍風虎途。

帝顓何日望來甦。

吾道騁星廬。

其二十

法隆寺為飛鳥時代古剎、聖德太子舊居，西院伽藍是現存最古的木構建築群，至今已千餘年。

塔閣雨如絲，

幾許風吹幡動時。

櫻枝爛漫垂。

其廿一

法隆寺又一首。

第宅憶龍潛。

載飛載躍自安禪。

草色上新簾。

其廿二

世界最早印刷品之一的《百萬塔陀羅尼經》即保存於法隆寺。

化身千百萬。

何須多事追和漢。

大道元無岸。

四月十八日

不日潮汕會議，恰逢全粵暴雨，打油一首曰：

飄風驟雨竟終朝。展眼玄雲壓汕潮。

龜壽八千導深息，鵬途九萬馭迴飆。

渾淪從辨地天海，杳眇安追禹舜堯。

休問三元都總管，移時復見七星高。

四月廿一日

非常感謝儀鳳老師的安排！今年研修假期的計畫內容之一就是
為段祺瑞詩文輯佚作註。能重遊東華中文系寶地，就正於諸位大方，
感恩不已。詩鐘曰：

幾段圍棋都莫問，一泉餘澤究難知。

四月廿三日

偶遊金門，隨謅一聯曰：

金湯之固、鐵血之藩，休問幾人思在莒；
門戶既新、英雄既老，更無一念可宗周。

四月廿四日

致滔師弟妹攜千金遊臺相聚，謅聯一首。

渾沌初開七竅通，可嘆五行相生，誰能推水火金木；
醍醐一點雙唇渥，也堪千盞不醉，莫去管幫滂並明。

四月廿五日

　　昨天抵達花蓮後，蒙又方老師伉儷及世兄招飲暢聚。今早承乏「古典北洋：談段祺瑞的舊體詩文」演講，幸得儀鳳老師主持，慈德、冠宏主任和克雅、蜀蕙老師蒞臨指教，及各位同學支持。午餐後復由又方老師攜至古色古香的秋朝咖啡館再敘，令這趟行程圓滿結束。

　　距離上一次造訪東華大學，已是十幾年前。上週縱有地震，東華及整個花蓮仍不改靜謐之美，令人愛憐！回程上了太魯閣號，才想起演講結束時助教命我題字留念，倥傯之間竟忘了此事。茲謅一聯曰：

東風四季如新，相伴是湖山，不驚匕鬯；

華雨六時常降，交輝承日月，都付弦歌。

四月廿六日

感謝欣錫兄相邀至清大演講，難為無米之炊，只好把瞿蛻園《燕都覽古詩話》和黃佩佳《香港新界百詠》合併討論一番，望各位師友多多指教！

附記：記得十九世紀的英文報紙 North China Herald 中文名稱原為《北清捷報》，民國後更名《北華捷報》、《字林西報》。因此我一直懷疑，謂清華大學的名稱來自「水木清華」，僅得其一端而已。若拙見不虛，則兩岸清華大學應是華人地區「唯二」沒有把前朝遺痕滌淨的例子——當然，這自是因為清華的名號太響了，一如北京（Peking）大學、青島（Tsingtao）啤酒的英文名稱不好改用漢語拼音一樣。打油一聯曰：

新都稱舊都，五一斧鐮橫五四；

舊界分新界，清時水木想清華。

四月廿七日

著名清史學家陳捷先教授於今年三月十七日在加拿大溫哥華去世，積閏享壽八十九。段昌國老師與同門特意在臺大文學院舉辦追思會，我也隨侍潘美月老師出席。與會者除了親友及來自臺大、成大、故宮、中研院的多位資深學者，也有捷公晚年在佛光的學生們。

段老師謂捷公個性隨和開朗，一定不希望追思會的氣氛太過凝重，因此在主持時特意聊起捷公喝酒、雀戲、下廚烹製正宗揚州獅子頭的軼聞，美月老師也談到與捷公在溫州街為鄰的故事，皆妙趣橫生。而我印象最深刻處，則是有次口頭向捷公請教滿文問題，誰知兩天後竟收到一封親筆信，洋洋灑灑數頁，講說細緻，書法俊逸，足見捷公對後進之關愛。

日前得知段老師擘畫此事，特地奉寄一張民國五十二年（1963）東亞學術研究計畫委員會第十一屆常委會的合影電子檔，相中人物有董作賓、郭廷以、李濟、沈剛伯、許倬雲、李亦園、邢慕寰、孔德成、蕭綸徽及陳捷先諸教授。其中捷公玉立英挺，令人印象深刻。此相由古偉瀛教授放入投影片與來賓分享，誠然得其所哉！

哲人其萎，謹撰嵌名聯一幅以輓。竊思嵌名之法於傳統或未足敬意，然與時俱進，當亦無不可也。聯曰：

> 捷思洞紅塵，三生世外無量壽；
> 先聲啟青史，八德池中幾品蓮。

四月廿八日

臺大半年，曾老師邀約觀劇，都恰逢出境開會，緣慳兩度。今晚終於有幸與潘老師一起觀賞曾老師和王瓊玲老師的最新力作、京崑《雙面吳起》，且與彭毅老師、邢義田老師、段昌國老師、蕭麗華老師重逢，實在高興！有感劇情而謅一聯曰：

> 盛衰懸一絲，騁目千秋空涕淚；
> 心性多雙面，立身萬仞賴幾希。

四月廿九日

　　非常感謝宜學兄熱心安排講座！中央大學是先祖父的母校（雖然當時在重慶），能登門拜會、拋磚引玉，感到十分高興。談的既是通俗文學，謹謅叨叨令一首，幸勿以嘻笑為怪。

> 論護持有功德、無功德且去問蕭菩薩皇帝。
> 論登基有弒父、無弒父且去問楊二世皇帝。
> 論中秋有登月、無登月且去問李三郎皇帝。
> 論降生有蜥蜴、無蜥蜴且去問錢婆留皇帝。
> 論啣禾有麻雀、無麻雀且去問郭雀兒皇帝。
> 論結交有異性、無人性且去問趙大郎皇帝。
> 論渡江有私心、無私心且去問宋康王皇帝。
> 論南侵有韜略、無韜略且去問迪古乃皇帝。
> 身後是非誰管得也麼哥，
> 身後是非誰管得也麼哥，
> 論研究有價值、無價值且去問資助部皇帝。

四月卅日

　　感謝吉雄老師邀約，今天一同拜訪吳宏一老師。午餐暢敘，品嘗美味的烤魚之餘，還學到許多為學為人的道理，非常感恩！謹謅小令〈鵲踏枝〉一闋曰：

展眼年光知幾度。

杜宇聲中，好景都如許。

慣共浮雲成偶遇。

舊時樓榭人何處。

翰墨生涯憑託付。

筆筆刪刪，且任和春住。

珍重朝晴和暮雨。

難忘一一來時路。

五月三日

　　古希臘羅馬神話中，愛神 Aphrodite 和信使之神 Hermes 所生之 Hermaphrodite 即是雌雄同體。佛教觀音菩薩見機說法，可男可女。茲見某城市之新聞圖片，將觀音改造為孔子，不僅可滌清孔子蔑視女性的誤解，更向大眾展示三教合一、萬法歸宗的廣博胸襟。如今多少鴻儒夢想成為帝王師、多少高僧期待轉輪法王的降臨。這座雕像，無疑具體而微地呈現了鴻儒高僧們經世普渡的良善理想！七律打油一首曰：

> 維納斯兼墨丘利，雌雄一體此心同。
> 見機說法聲唯廣，施教因材意厥中。
> 南海衣冠稱大士，東山菩薩字孺童。
> 沙門自古敬王者，道統釋儒皆可封。

五月四日

　　山東問題是五四的導火線，故青島有五四廣場以資紀念。去年在青島坐地鐵二號線，發現五四廣場站下一站竟是芝泉路站，而芝泉路在湛山寺前，係紀念段祺瑞一九三〇年代捐貲修廟而命名。世人心目中最先進與最保守者，只是相差一站爾。

> 燎原五四接芝丘。風物未殊黃海頭。
> 慘綠漫逢誰氏子，濕灰不見趙家樓。
> 隨心往復成單驛，顧目依稀是百秋。
> 聞道嶗山佳麥釀，遲須醉作太平謳。

英王室的花邊故事自古便多，連童貞的伊莉莎白一世也未能免俗。現任女王的曾祖父愛德華七世，私生子幾許，所幸一百年前媒體不夠發達。查理斯夫婦不用說，連王夫菲臘親王那些事都搬上了螢幕。就記者和讀者而言，看完那些童話婚禮，下一步的期待視野不就是婚變麼？從這個角度來看，王室存在的意義也正在箇中。七律打油曰：

> 一腳皆因踏兩船。兩人何若踏三船。
> 太遲難補江心漏，自直虛言橋尾船。
> 大海航行靠掌舵，陰溝回合怕翻船。
> 終迷童話格林夢，過後蘇州豈有船。

五月五日

打從付梓後，《晚明話本帝王故事新考》一書之內容便已少碰。今晚做完投影片，算是重溫了一遍。再次感謝中央大學明清研究中心的邀約！詩鐘打油曰：

> 正史翻書如八卦，互文入話各千秋。

五月十日

近期蒙各位師友厚愛，先後到新竹清華、桃園中央發表拙論，獲益頗大。先祖父當年先後在大後方就讀西南聯大（北大、清華、南

開所合併者）化學系、中央大學經濟系，來到這兩座美麗的校園，尋思其統緒，亦不免低徊悵然爾。謅七言一首，偶用鄰韻，貽笑大雅亦不計焉。

偶從話本識先王。身後是非渾未妨。
戲說還須金縷繡，夢迴最是水磨腔。
友生晏若憑山雨，祖跡茫然隔海桑。
鼇島鳳城皆寂寞，雅馴誰憶帝乾荒。

準備「電動」進階之際，偶讀民初某家舊體詩集有感。此人在新文學上頗有貢獻，但舊詩卻寫得委實……一般。可是，某些研究者竟能愛屋及烏，幾乎要把他的舊詩也經典化，真箇可嘆。七律打油一首曰：

舊詩其狀也難名。何故偏成鼎鼎名。
文學時髦渾善事，旌旗本土易佳名。
都云後浪推前浪，豈懼新名掩舊名。
綺業不須多造作，地天之始曰無名。

五月十一日

偶然在網上看到一九八六、八七年 Jaclyn Smith 為蜜絲佛陀拍的兩段廣告，驟覺自己的淚點原來很低。

理論上，化妝品與男生是沒什麼關係的，但這兩段廣告剛剛播

出時，著實令不少香港人驚豔。Jaclyn 早年學過芭蕾，是一九七〇年代末美國電視劇 Charlie's Angels（港譯《神探俏嬌娃》）的女主角之一，因 TVB 轉播而廣為港人所知。不過，她前此為蜜絲佛陀拍攝的幾個廣告，一直都以念白為主，未免予人以喋喋不休之感。而一九八六年的廣告，配上了一段男聲獨唱的動人歌曲，加上黑白與彩色鏡頭的交織，頗令時人擊節。次年，蜜絲佛陀又推出新廣告，Jaclyn 在片中以芭蕾舞者的形象出現，背景音樂則是那段歌曲的鋼琴版，氣氛高雅脫俗。（記得當時甚至有歌手為這段歌曲配上粵語歌詞，成為港式情歌，足見其受歡迎的程度。）

這兩段美好的廣告，把我帶回自己的少年時代。回顧這三十年，欲說還休。若強欲標示，也許我會選用「歷劫」二字吧。謅〈浪淘沙〉一首曰：

　　　　　絕代有佳人。
　　　　　舞袖繽紛。
　　　　　相宜含笑復含顰。
　　　　　振羽泠風知鵠舉，
　　　　　萬里層雲。

　　　　　淹忽近黃昏。
　　　　　枉入紅塵。
　　　　　老來剩此苦吟身。
　　　　　無量恆沙誰惜得，
　　　　　一掬青春。

五月十二日

　　承蒙廖一瑾老師相邀，到文化大學「詩選及習作」課上班門弄斧，又飽覽校園及陽明山美景。若非廖老師諳熟臺灣古典詩壇掌故，必然會與幾個重要的文化景點失之交臂。在此感恩不已，謹謅小令以謝曰：

遙想群賢筆路初。
曲肱飲水食猶疏。
夢醒何處覓蘧廬。

花色半廊霞入幔，
雲光四面墨為圖。
溪山煙雨點方壺。

五月十五日

　　詩人王家鴻（1896-1997），號劬廬，湖北羅田人。湖北方言學堂畢業未幾，擔任駐德公使蔣作賓副官，獲柏林大學博士學位，論文以漢冶萍煤礦為題。其後長期供職外交部，所到之處皆有詩作。晚年退休後成為文化大學德文系系主任，同時活躍於臺灣諸詩社。

　　碩班時讀其《外交詩話》，頗有滋味。後覓得《劬廬詩集》，乃知國府外交官於近代仍存留「誦詩三百，授之以政，使於四方而專對」的古風，遂嘗撰文討論。日前訪問文大，廖一瑾老師特地相攜前往王氏故居，且謂與其相鄰多年。聞之感嘆不已，乃謅小令曰：

漂泊何從認故園。
當時絕國憶輶軒。
勃蘭登堡入華篇。

樂水與山焉有陋，
齊天同壽總忘言。
威儀堪說漢官年。

五月十六日

　　感謝孫姐安排，與楊風老師到新店山腰的咖啡館，於層碧環抱裡共進午茶，順便慶賀楊老師訪談錄大功告成。去程山路逼狹，道逢貨車，只好下車讓道。上山後見一布袋和尚像，不由想起那首〈插秧偈〉：「手把青秧插滿田，低頭便見水中天。身心清淨方為道，退後原來是向前。」於是諛偈一律曰：

相遇銀河狹路邊。八輪躑躅孰爭先。
抽身幾丈原無事，舉目三分別有天。
翠谷雀蛙鳴起落，黃昏光影動翩躚。
道逢彌勒開懷笑，退後從來是向前。

五月十七日

　　趁著更加繁忙之前，先把這份關於曹錕詩文的投影片忙完。詩鐘曰：

屠刀放下終成佛，畫筆霑濡便是春。

五月廿日

中文大學、中正大學研究生工作坊順利結束，七律打油一首曰：

> 清音互答也成歡。故把金針仔細看。
> 心氣凌雲筆底健，毫光凝日塔前寬。
> 盃中有度空龍勺，箸下無拘即筍盤。
> 大道之行須綺業，十方總作若斯觀。

五月廿一日

關於孔府南北宗之辨，一直想好好談一下，這次蒙韓國李燕博士敦促，終於完成拙稿一篇。七律打油曰：

> 廟堂車服郁繽紛。一脈尼山何所聞。
> 天慣興亡人未慣，國分南北道無分。
> 豈非久病成醫卜，宛賴深心傳典墳。
> 曠古煙塵等閒過，與誰交集說悲欣。

五月廿三日

恭喜家怡學棣在多年後終於順利通過博士論文答辯（以元明之際文學為題），也感謝各位校內外委員的辛勞。這也許同時還意味著我與生涯中作為過去式之佛光大學文學所最後的「行政」關聯也隨之而去。七律打油曰：

遷流不覺鬢成星。一霎干支回歲星。
正統莫求蒙漢藥，反思誰辨吉凶星。
焚膏每共窗前月，閱藏何堪眼內星。
延壽無須禮北斗，庭中寶樹看雙星。

五月廿五日

與周志文老師聚餐，再聽老師談往論樂，至貝多芬處，心緒尤隨之低昂。乃謅〈鷓鴣天〉一首曰：

低首王侯總不任。
幾多悲喜付瑤琴。
逆天便契通天耳，立世方存遺世心。
思霧月，感園林。
似無情處識情深。
其聽以角原龍性，況復希聲本大音。

五月廿六日

打電動上癮，如今有了科學名詞：號稱「遊戲障礙」，且被列為疾病的一種。宅男腐女無論，實際上許多人每天都要面對長時間的工作，如果不能自我催眠地愛上工作，把工作視為電動，關關難過關關過，那就只能從真正的電動遊戲中尋求平衡了。因此在我看來，治療「遊戲障礙」之前，應先把「工作障礙」也列為疾病，妥善治療了再說。仄韻七律打油曰：

如此生涯一臺戲。何需障礙稱遊戲。

雷人起早復通宵，電動真情猶假戲。

用志不分憑鶩蹤，交鄰有道成猴戲。

外來和尚會敲鐘，勸爾先看希臘戲。

五月廿八日

感謝漢珍圖書的安排，有機會在臺灣從香港教育史的宏觀角度談談兩所拔萃書院的先驅——女仔館，實在難能。詩鐘曰：

出於其類知其類，開了哪壺提哪壺。

五月廿九日

《金石錄》為李清照之夫趙明誠編纂。兩夫婦早年酷愛蒐集書畫金石，靖康難後，趙明誠去世，大量藏書毀於戰火。李清照帶著餘物南遷，最後因故散失殆盡，令人扼腕。她在〈金石錄後序〉中，詳細交待了藏品聚散的經過。我想，她特地為《金石錄》作後序，大概也有悲悼故人故物之意吧。

元代以降，《金石錄》一書的宋代刊本已極為罕見。明人重刊此書，竟將〈金石錄後序〉落款「紹興二年玄黓歲壯月朔甲寅」中的壯月（即八月）改為牡丹，被清人譏為不學無術；但苦於找不到宋本，無法校勘。我猜壯月、牡丹，除因形近而訛，也有可能因前而訛，前文云：

嘗記崇寧間，有人持徐熙《牡丹圖》，求錢二十萬。當時雖貴家子弟，求十萬錢豈易得耶？留信宿，計無所出而還之。夫婦相向惋悵者數日。

直到一九五〇年，南京發現一部宋本《金石錄》，令人振奮，於是北京中華書局線裝影印發行，唯可惜者，此本之中僅有趙明誠序，並無李清照後序。

碩一時，有次在旺角某書店特價品專櫃中看到這套影印宋刊本《金石錄》，於是順手購下。昨晚準備港臺電視節目《文學放得開》的資料（本集談李清照），驟然發現這套塵封多年的《金石錄》，於是取出與各位分享。如此也算是該書歸我多年後第一次正式派上用場了，嘆嘆。謹謅七絕三首曰：

驟然宋本出鍾山。五百年來無此刊。
幾許化身分一影，華容婀娜令忘餐。（一）

廿萬索錢為亦難。徐熙名畫可興歎。
所詭從上抑形近，壯月徒勞鐫牡丹。（二）

重器遷南須獨抱，奇書付丙豈堪看。
吟成豆蔻分茶處，紅藕雙溪香又殘。（三）

五月卅日

中學同窗聚餐，順便談及校史修纂事宜，偶以粵語謅律一首：

粥落生蠔成靚湯。嫩鵝滷汁亦馨香。
返工返學一頭赤，添醋添油雙面黃。
舊作新時馬騮嶺，新稱舊處玫瑰行。
唔知乜水真難養，和氣團團聊借光。

關於拔萃女書院的創校年份是否在一八六〇年，自一九四五年香港重光以來，向有爭議。吾友方博士近日發現一九〇一年七月十三日港府《轅門報》（今稱《憲報》）中之視學官報告，可謂全新證據矣。粵語七律打油曰：

一九零零正此時。撞啱海上鋼琴師。
鋼琴變奏爭半拍，校史重修容再思。
有史皆為當代史，無辭可對定音辭。
邊需遠溯女仔館，用六之爻天下知。

五月卅一日

昨晚剛從香港返臺，今天便有幸重訪靜宜大學中文系，聆聽高論之餘，且與新知舊雨暢敘，更蒙慧芳主任賜以大著。再次感謝各位老師、同學的周到安排！謹謅一聯曰：

今登鹿社，昨在鰲洋，嗟余一闡提，也喜書中滋味翻新意；
去共黃昏，來隨炎午，思彼三摩地，總因車外風光似舊年。

六月一日

感謝沂芬去年相贈故宮所製宋代狸奴掛曆，不知不覺已經翻到六月了。這一月選的是宋徽宗真蹟耄耋圖（耄耋與貓疊諧音。）七律打油曰：

> 聖手千年詫染毫。牡丹花下鬥風騷。
> 落英減卻春非舊，太子偵知誰調包。
> 如此河山多虎視，隨他正朔換龍袍。
> 育民本賴陰陽氣，捕鼠休分黑白貓。

六月二日

今年六月號《華人文化研究》，除了「香港文化專輯」及多篇精彩論文、劄記外，還特為孔德成教授、陳捷先教授各安排了一個紀念專輯。

孔先生專輯有潘美月、曾永義、吳宏一、鄭吉雄四位教授的大作，捷公專輯則是段昌國教授在臺大歷史系籌辦追思會的紀錄，內有故宮、中研院、臺大等機構多位學者的致詞。今天又花了一晚上，再度整理各篇的內文及格式。感謝各位撰稿及籌備的師友，敬請讀者期待。詩鐘曰：

> 詩禮千年存道器，濁清一把論心腸。

六月三日

　　唐山陳隆昊社長相招至蘇杭餐廳聚會，餐後相隨至牯嶺街淘書，又返溫州街午茶，言談甚歡。回程車上，電臺具有考據癖的女高音主持正在播放各種版本的一九六〇年代歌曲〈Dream a little dream〉，聽到「Birds singing in a sycamore tree」時，不由想起香港的詩歌舞街（Sycamore street）來。即興打油一律曰：

> 多情杯箸憶蘇州。菜飯醉雞獅子頭。
> 焉用龍門書國恨，終慚海角說鄉愁。
> 調頻正唱詩歌舞，紆策空言美日歐。
> 牯嶺少年何處覓，咖啡半盞冷如秋。

六月四日

　　《文選資料彙編·騷類卷》五校稿，今天校到〈招魂〉。我第一次接觸此篇，至今恰好三十年了。七律曰：

> 帝闥延佇結幽蘭。曖曖纊黃山外山。
> 識得年光催我老，粧成夜色孌人看。
> 神魂何處招三楚，虎豹依前在九關。
> 極目春心無賴甚，空餘江水映楓丹。

六月五日

與曾永義老師小酌後，因餐會所言戲作七律一首。

千古悠悠奈獨吟。無情方悟有情音。
端陽鼓枻清還濁，敲盞消愁淺與深。
勝敗皆從君子手，盈虛莫咎婦人心。
詩成作者知誰是，醉醒胸懷且慢斟。

六月六日

去年二月，老友在香港某二手書店淘到一套三冊的《神曲》，慨然相贈。此書為 John D. Sinclair 所著，有義大利文原文及英文語譯、註釋，令人愛不釋手。當天隨身帶了《地獄篇》，誰知竟遺失在巴士上。老友建議到巴士總站去看看有沒有人拾到，自然失望而歸——惟有希望拾到的人不會拿這本書去覆瓿吧。

今天下午，受託臨時到臺北某二手書店找書，無意一瞥，竟發現 Sinclair 那本《地獄篇》就在書架上。茲打油粵語七律一首，以誌失而復得。

紛紜地府太陰功。雜症奇難有個同。
的色心存芥菜籽，擒青身轉雪糕筒。
打機煉獄如升級，殘眼天堂點發蒙。
書與陽春皆有腳，偏教巴別塔邊逢。

六月七日

端午節即興打油七律一首,調侃屈大夫一下。

長佩高冠蓉作裳。一言不合淚浪浪。
情商及格方從政,激楚為文自擅場。
落筆篇中三致志,失眠夢外九迴腸。
弄臣終古難勝數,豈別山林與廟堂。

六月九日

今晚和父母相約到尖東晚餐。家母有個習慣,總會在家中煮些甜品帶出來,給我拿走。今天的是蓮子紅棗湯,塑膠瓶密封得乾淨整潔,還用一個瑞穗牧場的紙袋裝著——這是我多年前去花蓮時買牛軋糖用的,想不到還保存如新。

與父母辭別後,我想好久沒有在香港遊車河,於是選擇了坐巴士回新界。我上車處較早,有不少空位。但我知道這路車的乘客很多,所以自己手提的東西一般都放在膝前的地上,而非身邊的座椅上,以免面對後來的乘客讓座時造成雙方尷尬。

今晚,我如常把瑞穗紙袋放在地上。直到巴士要穿過獅子山隧道,我知道身邊的座位不會有人來坐了,於是把紙袋拎起來。不料——紙袋底部竟然溼透了!

我大驚,以為裝甜品的塑膠瓶裂開了。但仔細檢查後,確認家母密封得很嚴實。回頭一看,後兩排角落處的一個傢伙喝得爛醉如泥,捏凹了的啤酒罐扔在地上,裡面的啤酒顯然沒喝完,但已全部流了出來,尺幅千里,大有九曲黃河的態勢。

到站時，車裡的人已經不多了，那傢伙依然不省人事，說也無謂。我只好趁停車之際向司機扼要講述了如此情形，司機也搖頭嘆息。

家母親手烹製的甜品沒有浪費，是惟一差可安慰的。可惜的是那保存如新的瑞穗紙袋——雖然那只是一個紙袋罷了。七律打油曰：

> 不必浮誇學阮嵇。淺斟便醉力難支。
> 一車歸意催成箭，誰個發心來撿屍。
> 麥釀乍傾真九派，蓮瓶莫罪本無疵。
> 爛濡昔日包裝紙，豈忍俄然斷捨離。

六月十二日

第四屆「滄海觀瀾：第四屆古典文學體式與研究方法學術研討會」順利結束，這次邀得武漢大學王慶元教授作專題演講，就駱鴻凱、周貞亮兩部現代文選學開山之作與各位師友分享高見，慶元老師師母、千金及高足黃磊兄也相伴蒞港。翌日，方滿錦醫師宴請慶元老師一家與姜劍雲教授，銘基兄伉儷與我作陪。宴後，隨慶元老師前往九龍一帶訪書，可謂難得之甚！七絕誌之曰：

> 龍如驂服水如車。人境棲居夢漸賒。
> 江介之風今尚記，雲帆浩蕩對龜蛇。

六月十七日

《文選資料彙編・騷類卷》的列印校稿要寄回北京中華書局，順

豐快遞竟不肯接收，只好去郵局了處理了。七律打油曰：

> 書刊雜誌勝防洪。早料順豐非順風。
> 藍本校完歸竟阻，朱批寫滿講難通。
> 千年秦火餘番外，一段楚魂須送中。
> 世上稀泥焉可和，側頭未忍扮郵筒。

六月十八日

與張高評老師、劉昭明老師南遊，班門弄斧，謅小令〈鵲踏枝〉一首以就正。

> 舉目彤雲渾已醉。
> 妝點西灣，幾道眉山翠。
> 一片紫沙溷紫貝。
> 總存暮色飄零意。
>
> 剎那疏鐘搖夏蕊。
> 萬頃煙波，都入瓶中水。
> 欲乞楊枝澆塊壘。
> 弄潮疇昔誰家子。

六月十九日

高雄二叔家中，見先祖父一九四〇年代重慶中央大學的畢業照，慨然有感。

堪憐榜首再相瞵。聯大西南憶得朋。
帽穗垂青方左撥，角兜鑲素備昭升。
晨昏植木肘生柳，來往將雛羽惜鷹。
百載橫流醒復夢，幾番天海眺鍾陵。

六月廿日

不記得已是第幾度入住成大會館，但這次還是第一回利用健身房設施。燈一開，步一跑，倒先後吸引幾位路過的房客好奇進入，甚至衣服也不換，一起運動起來。

（謎之音：各位先生，告示上寫的很明白，不是需要事先預約的嗎？——不過沒關係，運動這玩意也是「不若與眾」。器材放在那裡，不用白不用。）

粵語詩鐘曰：

大汗幾何疊細汗，往年依約似今年。

六月廿三日

感謝景毅兄的青睞，讓拙文得以在新加坡發表——這是「女仔館」系列三章之二。不過，為免被批評不務正業，我應該不會在研究成果中申報此篇——我想數學系的方博士也一樣吧。一笑。七律打油曰：

巫咸之語亦輕誑。兩美偏云合必長。
未或懲前焉恧後，離而兩美合雙傷。

依然胡語能驚世，故此空言枉入行。

一切史皆當代史，還原事實太周章。

六月廿五日

一書去，一書來。永遠做不完的校稿工作。七律打油曰：

人生中道總蹣跚。不耐昏花齾老眸。

久誦詩騷已免疫，虛持刀筆暫忘憂。

冷泉澆背同迷悟，別字連篇費校讎。

無夏無冬多落葉，掃除豈必洞庭秋。

六月廿六日

黃士強老師九十大壽、楊樹同老師八十大壽，都在這一晚預祝、補祝。大家也不由想起兩年前為吳匡教授百歲誕辰寫賀卡的情形。還要感謝賴永松老師、師母準備的黑森林蛋糕和手工曲奇餅乾！謅叨叨令一首曰：

一整天晴時晴、陰時陰、風時風、雨時雨積了個淅淅瀝瀝的厚。

一滿桌雞是雞、魚是魚、糕是糕、點是點擺了個角角邊邊的夠。

一下箸夾的夾、叉的叉、吃的吃、喝的喝嚐了個盞盞杯杯的透。

一開腔理歸理、文歸文、史歸史、哲歸哲敘了個家家常常的舊。

飲且食壽而康也麼哥，

飲且食壽而康也麼哥，

一屈指七十歲、八十歲、九十歲、一百歲祝了個暖暖和和的壽。

六月廿八日

感謝宜如老師的安排，得與高秋鳳老師相見歡。秋鳳老師是楚辭學界久仰的前輩，十多年前，陳怡良老師曾相引見，惜當時通訊不佳，失之交臂。這次聚會，終於彌補了這個多年的遺憾。我一直藏有秋鳳老師的著作，然隻身返臺，未曾相攜，惟有宜如學姐所貽、秋鳳老師主編《青萍詞注析》一種，於是隨身帶著赴會請求題簽。想不到秋鳳老師竟冒暑帶來五大冊鴻著相贈，厚愛如此，著實令我開心又汗顏！茲謅一律，其言以楚騷為主，若謂悲喜情調不侔，則無論矣。

> 奉書已隔十春秋。音問遲遲面未謀。
> 九辯九歌欣帝樂，一花一葉動余愁。
> 吟哦宋玉知真偽，錘鍛楚金憐棘鈎。
> 千古騷心何以繼，所依長在木蘭舟。

六月卅日

作為今年訪學計劃的最後一個項目，這本書的緒論終於在今晚脫稿了。此書主體共分為五章：一、京華不是舊京華，莫向東陵問種瓜：溥儒、溥傑詩詞中的故國意象。二、興亡閱盡垂垂老，我亦新華夢裡人：袁克權、張伯駒詩作中的家族書寫。三、清哀炎帝女，少年慕鳥音：陳公博、胡蘭成詩作中的自我塑造。四、鯨濤鱷浪撼危城，破虜中原百戰征：羅卓英、李則芬詩作中的軍旅記憶五、卅年故夢呈刀俎，以此微紅獻國家：蕭軍、聶紺弩詩作中的戲劇意識。詩鐘曰：

> 舊體徒居前現代，新生自視後遺民。

七月四日

　　四十多篇關於拔萃校史的文稿，最早的那篇是一九九四年寫的，持續寫作則從二○○四年開始，至今也滿十五年。這次終於能夠結集出版了，又花了一整天時間校對樣稿。感謝同屆同學們出錢出力的支持！謹聯曰：

> 身業、口業、意業，終非正業仍需務；
> 紀文、傳文、表文，泰半雜文都待勘。

七月五日

　　訪淡水三芝偶成：

> 驀地重逢夏已深。茫茫十載念分陰。
> 芝蘭之室臨香海，清淨其音起寂岑。
> 天道無親強與善，人間何夢更存心。
> 若詢後會知難卜，日暮虛成歧路吟。

七月六日

　　感謝瓊玲教授慨然相邀，有幸於昨晚攜同二叔前往高雄大東文化藝術中心欣賞歌仔戲《寒水潭春夢》的演出。瓊玲老師慧眼獨具，把此劇焦點放在更生人，值得深思，二叔也贊不絕口。

　　翌日，二叔帶我先後造訪先祖父和小叔的墓園，令我在離臺前了卻一樁多年未竟的心願。這次高雄之行，時間緊湊。動身前聽說中

南部大雨，想不到昨天傍晚抵達時，雨就停了。今天雖然時晴時雨，但雨勢不大。在群山環抱、雨絲晴風、光影變幻中徜徉，亦可樂也。謅律一首曰：

> 春夢乍醒寒水潭。刀兵放下即真男。
> 音容莞爾人疑在，晴雨霎兒天復藍。
> 懶卜平生等閒事，空教隔代憶奇談。
> 雲頭試問北來雁，為底回翔國境南。

七月七日

　　途經高雄福建街某號時，二叔說：「這是李蘭甫教授晚年的住處。」回到家中，無意間從先祖父的老相冊中覓得李爺爺當年所贈結婚照，感慨欲涕。

　　李爺爺是祖父在重慶中央大學經濟系的師弟，兩人皆為各自級別的翹楚、極為自負，卻都不願「摧眉折腰事權貴」，故而惺惺相惜，成為平生摯友。

　　李爺爺與我家可謂有四代交情：國府遷臺後，他先在美援會工作，後轉職剛剛成立的香港中文大學商學院。兩岸隔絕時，祖父與在大陸的曾祖父通函，都是由李教授居中聯繫。李爺爺知道曾祖父飽受政治衝擊，不時從香港寄送物資，聊表心意，令人感佩。我童年時曾隨李爺爺居於中大宿舍，竟從此與中大結下夙緣。一九八七年，李爺爺從中大退休，定居高雄，同時兼任東吳國貿系主任之職。每次李爺爺回到香港，我都會陪同父母與他聚會。千禧年後，音問漸稀。

　　三年前，我希望為李爺爺做個訪談，才得知他老人家已於二〇〇八年往生。雖是高壽，依然令人驚詫。於是我邀得他以前在中大

的學生輩鄧東濱、李金漢、楊兆萊諸教授撰文紀念（同時也「脅迫」家父寫了一篇），編成〈先施以誠：李蘭甫教授十年祭專輯〉，刊登於《華人文化研究》二〇一七年六月號，以寄哀思。七律曰：

> 雪紗金鏡繞清芬。當日頡頑嗟璧人。
> 黑白影留何限意，江山色變幾回春。
> 京華冠蓋憑憔悴，故里心懷半杞榛。
> 六紀韶光如反掌，安從散聚識涯津。

七月八日

讀臺大石之瑜教授的政論，正言之餘不失帶著靈光的調侃，中英港臺似乎都依次中槍了。我雖有所保留，仍覺感慨。午餐時又讀島內競選新聞，哭笑不得，七律打油一首。

> 極高明以道中庸。鍋鼎未沾誰與同。
> 蓋地咸其輔頰舌，逆天抹上黑黃紅。
> 殖民豈慣二毛子，專政焉能不倒翁。
> 唱罷登臺瞎忙豁，到頭畢竟一場空。

七月十日

蒙佛光大學文學院蕭院長之邀，至澳洲南天大學參加「人間佛教暨中國佛教文學國際學術研討會」。正是這個善因緣，不僅令我對於留心有日的民初大總統曹錕關於儒佛二道的散文和詠梅詩，加以細讀，寫成論文，也讓我得識南天大學和南天寺的佳景物、善知識。感

恩之餘，謅律偈一首曰：

> 南溟萬里值鵬飛。瓊宇天然忘杼機。
> 紫氣非唯負離子，紅塵只賴正皈依。
> 一橋樹影雜花影，五彩朝暉連夕暉。
> 無上香中無上色，此心能綻幾枝梅。

這兩天在澳洲南天寺進用素食，久違的輕快感和喜樂感油然而生。今晚的餐後水果是香蕉。佛教傳說中，釋迦牟尼在綠蔭下弘法，肚餓時以香蕉充飢，吃畢心明眼亮、神清氣爽。故香蕉有「智慧之果」的雅稱。今天開了一整天的會，汲取精神智慧之餘，也有待此物質智慧了。一笑。

不過除此之外，我還忽然想起這次出行沒有帶洗面乳——以前家母曾教我用香蕉皮拭臉，然後以清水沖洗，滌除油脂、污垢之餘，絲毫沒有黏滯感，而且純天然。今晚這香蕉皮可派上用場了！廢物利用，不也是惜福之道嗎？

我向運良兄言及此道，他還疑信參半，現在我可要示範了⋯⋯打油一首曰：

> 誦罷經書足解飢。白心賸此軟黃皮。
> 棄捐如故終堪惜，潤澤自然焉得知。
> 路遠猶為ＦＧＳ，志同豈別ＡＢＣ。
> 從來佛性無南北，不必人間有慧癡。

七月十一日

　　這兩天在南天寺，得到師父們的周全照料，非常感恩。今早離別，依依不捨，大家共舉蓮花指告別，更期後會。午餐前至旗桿山的海濱燈塔砲臺觀覽，碧海青天，浩日長風，更在日邊看到五色祥雲。這時一群海鷗飛來，法師遂為牠們一一受記，真是善巧方便之門！

> 蓮華揮指南天寺，濱海驅車北雪梨。
> 方便法門需善巧，圓通識性乃殊奇。
> 濤青萬里知誰主，鷗白一灘和我依。
> 塔上輕雲光五色，長風動靜任心旂。

七月十二日

　　這次澳洲之行，恰逢會議主題演講嘉賓黃啟江老師七十大壽，貼心的素華為啟江老師安排了一連串節目。今早起床，赫然發現蕭麗華老師已成七律賀壽，不敢馬虎，以早餐時間步韻一首，祝啟江老師、師母福壽康寧，法喜自在！

　　蕭麗華老師大作〈賀啟江師壽辰〉云：

> 因緣殊勝賀南天，學術交融啟大千。
> 海會華嚴江域廣，彌陀土淨福田延。
> 佛光長佑師慈慧，法水分流壽考仙。
> 龍臥崗岑晨夕日，人天自在樂蹁躚。

拙作步韻一首以賀啟江老師：

南極星辰耀海天。壽光無量遍三千。
蓮氣楊露春常在，鶴侶麇儔歲更延。
般若同歸萬善集，聯翩豈慕十行仙。
宜修任道文章燦，獨立婆娑應不遷。

今天適逢啟江老師七旬壽誕，蕭院長、運良兄皆有詩作相賀。
老師晚間疊韻一首曰：

平生首度宿南天，避壽逃禪路八千。
碩學菁英同祝嘏，迂頑鈍叟樂心田。
聞聲救苦觀音愛，示病傳經金粟緣。
二祖安心當有日，彌陀發願祐諸賢。

仁厚長者之風，溢於言表。尋思日間至藍山風景區遊覽，遂將
所見景物湊成一律，再祝眉壽曰：

萬里罡風搖碧天。藍山玉樹壽千千。
崖前纜索穿佳氣，足底琉璃見福田。
縱目難窮唯好景，從心所欲即殊緣。
最高峰外毫光現，嗟我力行慚普賢。

七月十三日

今天遊覽了雪梨橋、歌劇院、聖瑪利座堂及鄰近海德公園的日

神像、動物園、水族館、舊皇宮及雪梨塔。行程雖緊湊，卻也基本上可以駐足細觀，這應感謝導遊 Dennis 的精心策劃。晚上回到雪梨港觀賞煙花，霜風漸緊，遂隨啟江老師夫婦及素華在車中小息。茲謅七律一首，雖不無流水帳之嫌，亦不計矣。

> 一橋飛渡太平洋。蚌殼足能為道場。
> 日月爭輝織虹氣，鴿鷗比翼動雲光。
> 眾生皆是有情物，高塔寧非無上鄉。
> 風露更深衣怯薄，閒看煙火映車窗。

七月十五日

澳洲最後一日，早上觀覽雪梨大學，中午造訪北雪梨道場，並用素膳，下午又蒙熱情的洪理事夫婦招待咖啡，並相伴參觀天文臺和 The Rocks Market。時值澳洲的耶誕，及法國國慶，市場延長開放時間，遊客如織，人造雪在黃昏的彤雲中紛飛。而市場入口的樂師吹奏著薩克斯風，把那本來並非十分嘈雜的市聲更蘊藉得旖旎動人。這趟澳洲之旅，感謝蕭院長、法師及各位帥友的厚愛，全程充滿歡笑與溫馨，我從茲學到許多修學、修身的道理，實在幸運！車上，啟江老師示以大作一首曰：

> 南天寺返臺途中次韻煒舜兄弟雪梨記行草成七律和之：
> 　　藍天碧水澳東洋，大日如來壯氣場。
> 　　萬象全因空法界，煙花遍照普賢光。
> 　　鯨豚渡海成遷客，熊鶴高眠入夢鄉。
> 　　揮手從茲離勝境，南天自在我心窗。
> 　　　　　　　（2019 年 7 月 14 日）

註釋

遷客：即「過客」也。

入夢鄉：觀動物園異獸無尾熊和珍禽駝鶴時，二者都在睡覺，故云。

拜讀後甚為感動，謹再疊前一首，向啟江老師師母及諸位師友致意！

平樂一洲稱大洋。洋場何礙是華場。

閒雲掩映青波色，飛雪橫斜赤靄光。

舊友於今成此地，夢魂不必在他鄉。

霎時風裡心香送，花近高樓水近窗。

注釋

霎時風：saxophone

七月十六日

拜讀兩位黃老師大作，自勵勵人、自愛愛人之思，令人感佩。竊惟連歲遷延，命亦隨減，暮色在望，為學無成；獲此嘉勉，敢不戮力以收桑榆乎！謹步韻曰：

少年易老學難成，放逸邇回暮靄輕。

求外無功也無聖，執中惟一更惟精。

易心後語非玄理，克己先施是赤誠。

反顧南天雲水闊，人間大德在生生。

附啟江老師原玉

　　昨日歸程，疲憊不堪，既抵居停，梳洗完畢，倒頭便睡，天明方起。今見諸君早已安抵家門，精神振奮，大為欣慰。此次會議，得聆諸君鴻文偉論，擊節不迭，頗有後生可畏，後浪前推，代有新人之感。回憶朱文公〈偶成〉一詩（是否真為朱熹所作，素有疑義，以文公全集似無此詩也），既愧於心，復用自警，乃藉晦翁詩首句，合師長之教，勉為七律一首，與諸君共勉，庶不負蕭院長與諸大德邀作主題演講之意，幸勿視為煞風景也。詩云：

　　　　　少年易老學難成，金玉良言未可輕。
　　　　　蓮社諸賢明此教，南山論述更宏精。
　　　　　臨文以敬當謙慎，視古為師必恕誠。
　　　　　愧我修齡方體悟，同君共勉盡平生。
　　　　　（黃啟江二〇一九年七月十六日早）

及啟方老師步韻大作

　　　　　少年易老學難成，古聖先賢識重輕。
　　　　　有志當研萬世法，專心莫忘更求精。
　　　　　懸知艱困惟謙慎，莫畏荊棘但敬誠。
　　　　　垂老時時憐宿念，師恩辜負愧平生。
　　　　　　　　　　（車上顛簸口占）

附：以琬淳同學警語入七律一首

> 四方之使賴驅馳。專對未能奚以為。
> 手段莫非風雅頌，心懷無別爾吾伊。
> 若離三界須吟咒，不合一言聊尬詩。
> 文字已成何所有，總應般若共加持。

　　離開澳洲的那天早上，來到賣場，正在發愁買什麼伴手禮時，師父建議道：「到對面那家 Lindt 牌專賣店去吧！」雖然在臺港都有 Lindt 巧克力，卻從未見過如此琳瑯滿目的種類。看到這款 Extra Silky 的巧克力，下意識覺得應該適合週二「食黨」老師們的口味。結帳時還拿到一本小冊子，對於不同成色巧克力與不同酒種的搭配有詳細介紹。生活本應該如此啊！

　　今晚在「食黨」聚餐上拆開包裝，原來一版有十大片奶香四溢的白巧克力，恰好士強老師兩片，樹同老師、美月老師、惠南老師、慶明老師、義正老師、金君姐、掌櫃小姐各一片，永松老師、師母分食一片。至於我自己，目悅心賞便可，何必入口！到收拾垃圾時，這版巧克力的包裝硬紙殼卻是捨不得扔去了……

　　謹謅律偈一首，祝各位老師福壽康寧！

> 為道當如巧克力，只求四兩撥千斤。
> 片香發散盈三界，滴乳凝成恰十分。
> 一切世間難置信，常旋桌上亦堪聞。
> 何須遠覓軒轅國，八百積年才到春。

七月十七日

抵達澳洲南天寺那晚，入住香雲會館。沐浴過後，發現房間沒有梳子。本欲下樓索取，但想想已經夜深，於是作罷，乾脆以「五指梳」將就打發。

翌日是研討會，我報告之餘還要主持一場。起床盥洗時，發現自己首如飛蓬，唯有把毛巾用熱水打濕後在髮鬢上焐一下，但整天下來，頭髮狀態始終不佳（於我而言，表現佳否與頭髮是成正比的）。

傍晚回到櫃臺，向一位操粵語的年長法師詢及，她請一位白人阿姨找出幾款梳子讓我任選，我看寶藍色的尖柄折梳實用而攜帶方便，因而討了一把。

回到臺北後，整理行裝，竟發現行李箱不知從何處冒出兩把以前用過的梳子來。

哎，真是的。

> 沐雨何憂更櫛風。把梳停當自渾融。
> 兩髻一髮神形合，八萬四千心念空。
> 磬折柄尖隨直曲，鐘懸篦齒盡齊同。
> 偏生昨日無尋處，首疾不甘如轉蓬。

想不到這份中研院「結業式」的投影片也連續做了兩天。詩鐘曰：

> 點力從頭成段力，新民到底作遺民。

注釋

點力者，Powerpoint 也。「段力」者，每頁投影片內容過多，竟成 powerparagraph 也。

七月十八日

我一向不輕易在公眾場合唱歌，尤其研討會後之類的場合（被師長點名時除外）。但這次南天會議，大家既如蕭院長所言，成為了一家人，我也不揣淺陋了。茲將這幾天結緣的歌曲臚列如下。

縹緲歌

這首周璇原唱的老歌，是參觀南天寺大會議廳時唱的。當時大家先請啟江老師、麗華老師誦詩，珠玉在前。輪到我時，法師命我唱一曲，要有承擔，不必遲疑。我想起二〇〇四年初到佛大時，擔任佛曲大賽司儀，唱過此曲（王石番老師尤其「驚艷」）；幸好歌詞依稀記得，於是重唱。回首十五年矣！

> 披荊斬棘割蒿蓬。身在靈山十二峰。
> 法界紛紜存一念，青鸞任汝跨長虹。

玫瑰人生（La vie en rose）

啟江老師七十大壽，素華秘密作了周全安排，又讓我獻唱一曲。大家合唱生日歌（包括中、英、臺、佛曲四個版本）後，素華向

老師、師母獻上一束粉色玫瑰，於是我唱了〈玫瑰人生〉以致敬。

姹紅姹紫亦婆娑。一瓣芬芳一法螺。
擊節常稱無量壽，豈非天雨曼陀羅。

纜車索啊纜車索（Funiculi funicula）

遊覽藍山竟日，坐了三種不同的纜車，大家逸興遄飛。回程時，大家命我唱一曲，於是我選了這首一八八〇年創作的拿坡里名曲以助興。

連袂登山情滿山。富尼古利唱回環。
胸中浩蕩英雄氣，何事人間不觸蠻。

快吻我（Besame mucho）

導遊 Dennis 是佛光會員，駕駛、講解、攝影，無一不精，一口廣東腔尤其令我感到親切。每次長途車程中，要喚醒人家時，他開口一個「好」字總是富於磁性。另外，他也會播放音樂，第一首便是 Bocelli 唱的這首墨西哥名曲，有時啟江老師還會隨旋律吹起口哨。有一次，運良兄要我來唱。為 Bocelli 的美聲續貂，實在不自量力。但大家如此熱情，也顧不得那麼多了。

最難耐處是分離。況復良宵漏箭遲。
話語幾經珍重處，舉頭明月自盈虧。

我的太陽（O sole mio）

離開澳洲的那天下午，大家喝完洪理事的咖啡後，素華讓我唱
這首歌。（幸好我還記得第二段歌詞）。車窗外，黃昏的陽光依舊
燦爛。

> 彩雲皎皎起朝暾。凍雨飄風已灑塵。
> 婉爾清揚適我願，偕臧與子共晨昏。

莫斯科郊外的晚上（Подмосковные вечера）

唱完〈我的太陽〉後的 Encore，我說只唱一段就好。果不其然，
唱完就下車到天文臺欣賞黃昏美景了。

> 薄霧輕歌如面紗。晚來香處是心花。
> 並肩到曉渾無語，不辨朝霞抑晚霞。

玫瑰玫瑰我愛你

一般開會，我往往帶上口琴，不為表演，只為長夜在房內解
悶，順便練習肺活量。到雪梨大橋看煙火那晚，啟江老師、師母、素
華和我留在車上。我拿出口琴把此曲的前奏吹了一下，啟江老師愉悅
地說：「這首歌太著名了！」原來老師以前也吹口琴，還會拿吉他自
彈自唱。可惜的是，這趟無緣欣賞老師的表演！

> 長夏開於荊棘中。此間長夏復長冬。
> 五音繁會人相守，南國煙花也自紅。

剪羊毛（Click go the shears）

這是一首澳洲民歌，小學時學過。歌詞想不起了，但旋律記憶猶新。素華要我 encore 時，吹奏了此曲。來到寶地，總須應景吧！

疑是層雲下九天。羊毛皓若勝絲綿。
等閒秋月春花好，猛省當時正少年。

七月廿一日

一直很喜歡英國作曲家 Elgar 的小品〈愛的敬禮〉（Salut d'amour）。這是 Elgar 新婚時所作，以愛情為第一人稱，向一對新人敬禮，主旋律甜美寧謐，間奏波瀾起伏，彷彿是來自愛神的叮嚀：「無論富有、貧窮，無論健康、疾患，無論順利，困窘，都要相守，不離不棄……」

大約二十年前，三大男高音之一的 José Carreras 發行了一張唱片，將十多首古典器樂曲的旋律填上義大利文歌詞而演唱，Elgar 這首小曲題為 Quando，意為「每當」。由於那時歐盟正好成立，這些新詞大多充滿了世界和平的意識。這首 Quando 也不例外，可謂君子之道造端乎匹夫匹婦，小愛擴充而成大愛。

這趟澳洲之行，全程在我耳畔縈繞的其實是這首 Quando——那是因為在飛機上的音樂節目中偶爾聽到，二十年前的回憶驟然浮現，加上澳洲美麗的晨昏光影所致。州土之平樂、民生之優裕，以及這次會議的主題，似乎也與此曲桴鼓相應。於是今早興起，將歌詞試譯為可唱的中文，還請各位大雅指教！

〈Quando 每當〉

Quando il cielo si aprirà sul mondo
Quando l'azzurro tornerà per noi
Allora, ognuno sentirà nel cuore
La voglia d'amare

每當天空為世界而破曉
每當蔚藍為我們而來到
每個人心中那時都在感召
那相愛的需要

E quando il sereno tornerà sul mondo
Forse qualcuno capirà quel giorno
E quando la pioggia se ne andrà per sempre
L'amore ritornerà

每當寧靜為世界而返回
每當狂風暴雨從此遠離
也許那時人們將心領神會
那大愛已重歸

L'arcobaleno ha tanti colori
La terra nasconde milioni di cuori
Cuori e pensieri che volano nel cielo
Uniti nel vento che va

天上的彩虹有七色繽紛

大地深藏著千萬顆心靈

心靈和思緒都翱翔於天際

在風中全融為一體

E quando il sole si aprirà sul mondo

Quando l'azzurro tornerà per noi

Allora saremo tutti li a guardare

La pace che inonderà la terra

E nascerà una stella nel tuo cuore

Una stella nel tuo cuore

Una stella nel tuo cuore

每當陽光把世界來普照

每當蔚藍為我們而來到

那一天我們大家都會知曉

看和平把大地來籠罩

讓一顆星誕生於你的心竅

誕生於你的心竅

誕生於你的心竅

七月廿二日

　　訪學一年將盡，下午講演的投影片，還是補上一頁，把今年的「成果」（也許只是花、葉，還算不上果）點一下吧——至少這對我大部分時候的「神隱」也是一種交代。（不然把我臉書上的一個個狀

態點連成一線，真的會以為我彷彿活在伊甸園般的逍遙自在。
一笑。）

　　不過話說回來，完全從無到有而寫成的，大概只有《時代曲紀夢詩》而已，而且是《明代後期《楚辭》接受研究論集》趕工時的副產品。趕工令我體重驟增，也促使我春節後日日保持運動、拉傷韌帶也在所不惜的習慣。仍是非常感恩。詩鐘曰：

　　　　養性無非副產品，補身豈有正官莊。

（謎之音：從著作種類看來，研究完全不專精啊！）

　　中研院「結業」講座，感謝各位師友的大力支持、幫助及提點，令我收穫匪淺！中午抵達南港時，還是烈日當空，報告時窗外雨斜風橫而窗內氣氛熱烈，晚餐時則驟雨已歇。上天從來都待我不薄呀！小令〈南鄉子〉打油一首曰：

　　　　亡國安存史，
　　　　復明焉反清。
　　　　古來大道總難名。
　　　　賸得干戈寥落四周星。

　　　　晚九猶朝九，
　　　　風零復雨零。
　　　　陰陽向晚漸分明。
　　　　莫道也無風雨也無晴。

七月廿三日

今天與周志文老師下午茶，喜得老師以大作《黑暗咖啡廳的故事》相貽。而我們在咖啡廳所坐之處，乃是以玻璃增建的區塊，聽著疾風驟雨打在透明屋頂的聲音，倒是別有一番情調。謅小令一首曰：

聽雨琉璃舍，
聞雷靉靆天。
持杯何物自翩躚。
原是咖啡依舊裊晴煙。

蓮子清如水，
沫花開似蓮。
妙音促膝動鳴絃。
夢裡不知身在義熙年。

七月廿四日

感謝賴永松老師、師母作東，在夜上海品嚐江南美味！能在十多年前便與各位師長相識，真是善緣！謅小令〈鷓鴣天〉一首致意曰：

晏若笑言都幾時。別情十載每依依。
分茶座裡盃常暖，掃蕊庭前客不稀。
深巷曲，漏鐘遲。舌饒生怕誤禪機。
掩門萬籟寥零處，忽有夜鶯枝上飛。

七月廿五日

　　日月潭畔一位玻璃藝術家，當場燒製駿馬一匹，背負硬幣一元，號稱「馬上有錢」。友人持以相贈，今天從包裹中清理出來，完好無缺。所謂「馬上有錢」，是上佳的打油詩料，但細思卻似對不起驥驦之名，還是不要吧。謅七律曰：

> 昂揚千里欲聞嘶。鬃結五花隨跡弛。
> 清浪映開紅躑躅，丹霞燒出碧琉璃。
> 何當龍脊觀天下，且御荷風過水湄。
> 汗漫一元方復始，更無空闊費疑遲。

七月廿六日

　　日月潭文武廟請得之 Q 版玄天上帝（北帝）像，打油，不，正兒八經作七律一首。

> 一怒而飛天下寧。無冬無夏值冥靈。
> 午光瀲灔雙涵碧，秋水玲瓏七耀星。
> 獨倚塔坡轉蒼翠，廣開閶闔覺雷霆。
> 玄雲過處空潭影，何處翔來青鵓鴿。

七月廿七日

　　裝箱口占七律一首：

整年積得十箱書。望屋興嘆況代書。
填海不差幾兩紙，過時誰寫八分書。
有謀合去撈偏業，無用從來讀死書。
日異月新非大話，豈能到老看通書。

七月廿八日

前兩天收到《段祺瑞正道居詩文註解》（也是今年訪學計劃之一項）的校樣，竟達六百多頁，感謝諸位編輯的用心！封面仍在設計中，黃慶明老師的題籤，令人賞觀不置。

雖然行裝收拾繁瑣，但為免節外生枝，還是趁離臺之前再校一次吧。謅七律一首曰：

懿德相求戢寶刀。光華復旦也堪豪。
啞人空說北洋虎，吠日豈分西旅獒。
筆底雌黃猶點點，世間雄白每滔滔。
慣看辰曜爭明處，雲蓋依稀五色高。

七月廿九日

去年八月底，沈享民老師到香港一遊，把盞甚歡。至我抵臺後，大家都忙，未克通問。臨別在即，蒙享民老師餞行，邀戚國雄老師、陳隆昊社長和謝正一老師共敘。恰好謝老師當晚要和段昌國老師以及未來系畢業同學聚餐（段老師本想約我次晚），於是大家乾脆把晚飯訂在同一餐廳，兩桌相鄰而坐。

吃到一半，周伯戡老師過來我們桌道：「你們這桌的菜好像比較

棒。」段老師聞言笑說：「看來能解決你心中苦悶的方式不是哲理佛法，而是酒食嘛！」我見周老師手中的啤酒杯已空，索性替他滿上了紅酒。打油仄韻七律一首曰：

> 喝完啤酒喝紅酒，懶問當年誰祭酒。
> 影夢隨風都作塵，人情積日方如酒。
> 潮來潮往未移時，杯淺杯深還勸酒。
> 飲酒一般知暖寒，休分敬酒抑罰酒。

七月卅日

臨別臺北前的午夜，收到運良兄惠賜詩集《我詩鈞鑒》及蕭麗華老師散文集《佛光文學之道》，匆匆不及致謝。謔聯曰：

> 心念繫乎一髮，句讀縱橫，每絲皆可成鈞鑒；
> 寶華寄此三生，玫瑰開落，諸色無非是佛光。

七月卅一日

以前在臺灣工作時，訂半年機票，回程都可到臨行前幾天再決定。今則不然，一早就要定死。我原計劃七月三十日返港，後來發現這天是週二，有定期飯局，於是延後一日，索價港幣一千五。今天下午，在燥熱的臺北登機，卻因香港颱風過境，不僅班機延誤，計程車站也排長龍。

不過在我看來，臨行前與師長們歡聚，也值了。況且昨天下午還能和宜如學姐在孫立人故居喝茶，獲得高秋鳳老師所贈任友安著

《鷓鴣憶舊詞》。這本書正好成了排隊時解悶的寶物——如果乏了，便閉目念佛可也。七律打油曰：

> 一日延期一千五，饕飱相繼也融融。
> 客機底事三班誤，主角應推八號風。
> 為戲猶多嬌縱子，解疲幸有鷓鴣翁。
> 其霾其晦當斯夜，閉目聊修成片功。

枯候移時，終於等到車了，車上粵語打油七律一首。

> 八號風球只等閒。從來辦事少孤寒。
> 夜涼邊似交三伏，早咻終須為兩餐。
> 已曉額頭扑到濕，未驚褲腳索唔乾。
> 充飢果汁加梳打，此際認真無得彈。

二〇一九年七月

八月一日

整理書籍，發現關於何東家族的著作還頗不少。調寄〈揚州慢〉曰：

> 歌賦街前，玫瑰行外，徑斜日字樓頭。
> 正爐香欲冷，覺驟雨初休。
> 知幾許山形水線，霓旌變幻，不記春秋。
> 自年年，潮打孤城，誰繫蘭舟。
>
> 天涯漂泊，又何須、倦客重遊。
> 最滄海無情，人非物是，雨霽雲收。
> 若問迴腸影事，憑忘卻，綠慘紅愁。
> 算如今聊付，稗家漫說風流。

八月二日

七月卅日在臺北寓所打包完畢，卅一日午夜返港，昨天（八月一日）傍晚便已傳來到貨簡訊。只是溝通不良，今日從朝九枯等至晚五，方才交收完成。

數日之內，又見紙箱并立，霎時竟不知身在何處。七律打油曰：

> 三世八紘隨轉移。戲為方塊鄂羅斯。
> 窗前雷帝赫斯怒，翼下風球搏以飛。
> 篋裡文章徒氣骨，空間詩學亦書皮。
> 佇延晚五還朝九，知是歷時知共時。

小令〈虞美人〉一首題大葉紫薇

前生身寄紫微垣。
辰宿正斑斕。
再生身寄紫微省。
猶記開元天子清時景。

今生身寄紫微花。
零落在天涯。
幾多風雨渾難據。
又向黃昏寂寞無尋處。

附記：林義正老師和云：「來生身寄紫薇子。遍灑大地處。時來花開歡喜色。溫暖人間從來不求得。」

二〇一九年八月

跋語
夢也何嘗有町畦

一

　　我對詩歌創作的興趣肇端於童年，但求學時代的作品累積十分有限。就舊體詩而言，大學畢業以前除因參加全港詩詞比賽而「為賦新詞強說愁」，課業繁重的環境根本不可能讓人產生太多靈感——這當然也可歸結為自己在漫長的學習階段，對舊體詩這種體裁的掌握尚未嫻熟，以及並不懂得如何從日常生活的縫隙中尋覓靈感。但是，作為歷年比賽首席評判的何文匯老師一直對我鼓勵有加，促使我在課餘開始閱讀何老師關於舊體詩格律的著作。從本科商學院考入研究院中文系，雖偶一為詩，但面對眾多長於此道、精采紛陳的師友，自以噤聲為主。倒是博士畢業時恰逢非典肺炎肆虐，賦閒在家，開始有計劃地將數十首外語歌詞檃括為長短句。當此之際，高就於城市大學中國文化中心的洪若震博士、卜永堅博士組織詩社，在兩位師兄的鞭策下，我也忝列吟席，半年之間竟塗鴉百餘首。稍後承乏佛光大學，積得「噶瑪蘭吟草」若干，但每年平均下來，作品數量委實不多。這也是由於作為「非科班出身者」，一直將這六年視作「補課」良機，幾乎全副心力投入教研工作之故。不過二〇〇八年起，系學會的同學組織「銜華詩社」，由我擔任指導老師；因為教學相長，重新啟動了我舊體詩創作的熱情，並為其後將之化作一種生活習慣埋下了伏筆。

　　二〇一〇年秋自臺至港，回到母系任教，在臺灣逐漸形成的工作與生活模式也需重建。這時，臉書竟成了新模式的一環。在臺期間，我覺得臉書的虛擬世界泯滅了師生的分際，這就社交休閒來說是好的，卻也對教學形成了一定窒礙。比方說，作為老師固然不應透過臉書平臺來「刺探」學生的生活，但萬一不小心看到某些不該看到的資訊，就會出現一種兩難局面：要直斥其非吧，與「社交休閒」的性質不符；要視而不見吧，又可能引來「未盡師道」的議論。因此，我的臉書帳號，是直到臨別之際才為了與在臺師友保持較緊密的聯繫而註冊的。返回中文大學之後，我發現香港的校園文化已與我求學的年代大有逕庭。加上自身庶務猥雜，而「眾不可戶說」，所以透過臉書分享生活片段便成為一種「被動式」的溝通方法了。我希望這種分享能結合知識性與日常性，於個人也能有所提昇，而以不造成額外負荷為前提。（當然，工作壓力過大、時間被切割而無法定心從事研究之際，小詩小文的寫作也具有補償意義。）因此，我先是分享了極短篇的影評數十篇、樂評百餘篇，然後進行了幾個主題連載，包括後來結集的《神話傳說筆記》、《被誤認的老照片》、《列朝帝王詩漫談》、《時代曲紀夢詩》等。其中後二書各六十餘篇，每篇之前綴以一首七絕。如此方式源自我曾略有究心的葉昌熾《藏書紀事詩》、劉成禺《洪憲紀事詩》、張伯駒《紅氍紀夢詩》、瞿兌之《燕都覽古詩話》、易君左《百美人圖詠》等書。在我看來，這種詩文互見的寫作方法一來可讓讀者進一步暸解詩作的內容，不致在文字迷宮中徜徉無依，二來散文部分未嘗不可視為詩作的註解，可謂輔車相待。慣性使然，即便不是連載文字，我也逐漸傾向在即興諛成的韻文中添一段內容上若即若離的小引——特別是考慮到不止一次有朋友謂讀不懂我的韻文而要我白話語譯，我卻素來視此「自我作古」之道為畏途。不過這樣一來，讀者的注意力可想而知會被小引（乃至圖片）攝去、而於韻文無所措

意，我也毫無所謂。畢竟文章有命有緣，勉強「硬售」，徒增人惱而已。

二

　　中國詩歌可以追溯到《詩經》、《楚辭》的比興傳統，所謂「詩貴含蓄」、「詞之為體，要眇宜修」，足以點出舊體詩的主流審美取向。以《楚辭》為例，這種文體深深烙上了屈原的印記，仿作若無離緒憂思，即使體裁上對「兮」字句的運用如何出神入化，論者恐怕仍然未必會將此作視為騷體。換言之，要判斷騷辭的體裁，除了句式外還要考慮情調，這種狀況也見於其他體裁，而以騷體特為尤甚。但是，如此雙重考量顯然妨礙了騷體的發展，使之最終成為「化石式」的文體。而正是「勸百諷一」的漢賦，在直接承祧楚騷的同時，又消解了騷體在情調與內容上的設限，使朗麗哀志的「兮」字句從此承載了更為廣闊的世界——至於賦體「鋪張揚厲」的特徵，除了呼應著時代精神，也未嘗不可看成是對騷體的反動和開拓。職是之故，《昭明文選》才能夠把賦體分為京都、郊祀、耕藉、畋獵、紀行、遊覽、宮殿、江海、物色、鳥獸、志、哀傷、論文、音樂、情等十五個子類。

　　自從〈詩大序〉將風雅分成正、變兩種，正變說自此廣泛應用在各種體裁、次體裁，乃至更大的類別。舉例而言，頌以稱美為正、懲戒為變，詞以婉約為正、豪放為變，詠史、詠物、遊仙詩以直詠為正、感懷為變，甚或以主達情的唐詩為源為正、以主議論的宋詩為流為變……不一而足。從發展趨勢而言，變之於正非徒為對「世道高下」的見證，更展現出對文體自由的訴求。準此觀之，賦何嘗非騷之變乎？賦在句式、格律、篇幅、情調甚至韻散諸方面限制較少，其於「緣情綺靡」方面畢竟產生過〈洛神賦〉這樣的佳作；且此種文體於

任何主題皆能施其「體物瀏亮」之力，可直接與西人所謂哲理詩、敘事詩相對應，這是其他韻文體裁難以比擬的。可惜的是，賦的體物功能似乎掩蔽了言志、緣情的特徵，兼以篇幅較長（即使把〈卜居〉、〈漁父〉視為小賦，仍有偏長之嫌），導致後來的發展難以為繼。倒是議論化和散文化的宋詩繼唐詩而興，風格變化又較唐詩為多樣，令作者對如何結合說理與抒情有了新的探索。因此，晚清道咸以降出現宗宋詩風，良有以也。然而面對波詭雲譎的世變，宗宋詩風也摹寫乏力，「詩界革命」故而應運而生：部分新體詩語言通俗、不守格律，變之又變，可謂五四新詩之濫觴。

五四以後，現代詩（或新詩）對於語言文字的解放固然是革命性的。如今作為業已十分成熟的文學體裁，現代詩不僅能勝任有餘地承載抒情、敘事、哲理諸種主題，在創作技法上也有長足發展。當然，這些技法中有不少可以回溯到形式上不及現代詩自由的舊體詩。如單一詞語的詞性轉換，文言文本來就比白話文更具彈性。動詞的陌生化、雙關語的應用，也合於傳統對「煉字」的追求。由於中文語法結構並不明顯，因此更便於意象的並置、疊加，以及意義之省略、情緒之跳躍。如此不一。但現代詩相對近體詩而言，確有突破之處，如在主題上對抒情、敘事、哲理三者更為有機的結合；句子與篇章長度更有彈性，故能承載更多的內容；句式變化多端，而不以整齊的「建築美」為唯一準則；還有對跨行句乃至句中的「斷裂感」的營構⋯⋯這些特點無疑對舊體詩有著異常重要的參考價值——縱然後者不必「人有我有」、削足適履地全盤吸納。

三

話說回來，竊以為文白之辨並非舊體詩的問題癥結所在：宋人

擊壤體、明人性理詩、元明清散曲、歷代佛理詩，多以白話寫成。反過來說，以文言文分行寫現代詩，又有何不可？（在我看來，《周易》卦爻辭就是上好的「文言現代詩」。）而且就算今天的白話文，也無法避免採用文言詞彙，這卻正好顯示出中文的韌力。將舊體詩與文言文綑綁一處，無乃太遽。再就格律而言，時有古今、音有轉移，乃必然之勢，有條件地使用新韻誠然為可行之一途。且古今音變並非天翻地覆式的，無論南方諸方言，即便以同樣作為中古音後裔的北方官話來讀舊詩，依然有平仄抑揚之致，這正是格律的妙用。如果因所謂束縛而徹底否定格律，恐怕是潑水把孩子也潑出去了。因此，舊體詩遭致「打倒」的內在原因，與其說是文白之辨、格律之束縛，毋寧說更在於主題、內容與情調的局限。故而愚見以為改良舊體詩詞，應該配合時代的變化，在晚清宗宋詩風、「詩界革命」及民初胡適、胡懷琛、吳芳吉、吳宓諸賢的基礎上，進一步將舊體詩詞的主題、內容與情調從「含蓄」、「要眇宜修」的特定選項中釋放出來，一如漢賦之於楚辭。只有如此，舊體詩詞才能在抒情之餘，更好地發揮說理、敘事的功能。而如何運用作為六義之一的賦，以及如何將之與比興更好地結合起來，乃是舊體詩詞發展的一大關鍵。（當然，在學詩的過程中，還是不能沒有傳統的辨體意識。打好根基，才有進一步發展的底氣。因此我承乏大一的「詩選及習作」課時，並不允許同學以白話創作舊體詩。）

進而言之，古人創作舊體詩固不避白話，但隨著五四以來將舊體詩與文言文的綑綁，使今人可能形成一種印象：以白話創作的舊體詩，就是打油詩。究其原因之一，依然是自古至今某種重文輕白的雅俗觀念使然，如此觀念甚至連一些新文學作家也未能避免。然而，通俗與否並不能單純以文白來判斷，白話文的現代詩作可以雅，文言文的舊體詩作也可能俗。因此判斷舊體詩作的雅俗（乃至是否打油），

大抵不在於文白，而仍在於主題、情調與內容（假如文字拙劣，恐怕連打油詩都稱不上，無須置辨）。如王梵志、寒山、拾得的白話佛理詩，乃至元明清散曲，有誰會視為庸俗的打油詩呢？可以說，舊體詩的被「打倒」，整體上阻隔了它與白話文之間的互動，中斷了進一步的創作嘗試；從此一旦以白話文創作舊體詩，就不容分說地被指為打油了。在這個意義上，聶紺弩、楊憲益諸君以現代白話創作舊體詩，意義是非常重大的。無可否認，世人關注這些詩作的原因，一來出於政治，二來出於娛樂：人們認為既然是白話創作的舊體詩，必然會帶有通俗性、喜劇性。可是，這些詩作的喜劇性誠然與白話文有很大關聯，作品主題卻頗為豐富，其體不僅為喜劇，其用也遠非娛樂二字所能歸納。如前所論，舊體詩本可兼納文白，但就現代語境而言，以白話為底色而又不避文言，卻能較有效地解除了傳統舊體詩在主題上的限制，並突破內容與情調上的窠臼。正因如此，我深信舊體詩依然具有生命力，即便是在詩歌早已小眾化的今天。而近年學步，以國語、粵語「打油」詩詞及散曲，竊意便在於追躡前修創新之跫音。

四

二〇一八年秋伊始，我獲得為時一年的研修假期，承蒙廖肇亨學長的安排，在中研院文哲所「掛單」。由於香港長年以來庶務甚多，有好幾項工作一直未竟，包括《明代後期《楚辭》接受研究論集》、《文選資料彙編·騷類卷》、《段祺瑞正道居詩文註解》及《古典詩的現代面孔：「清末一代」舊體詩人的記憶、想像與認同》四種著作的文稿修訂、統整、校對等工作，因此我非常期待趁這一年將之全部完成。尤其是兩種關於楚辭學的著作，期限尤其緊迫。所幸臺灣於我是故地重遊，無須另花時間適應生活，因此九月抵埠後，隨即展

開了工作。此後數月間，雖克與不少舊友相聚，但朝九晚九坐在電腦前工作已經成為日常。春節返港，不僅家母驚覺我臃腫不堪，我自己也感到身心較從前更加疲憊。返臺後重拾運動，誰知未盈月而膝蓋意外受傷，徹底康復之際，已是年假將盡。不過，這一年於我洵然有疏瀹澡雪之效。也許因為時間不受切割，我有了兩種調劑生活的「副產品」──其一為《時代曲紀夢詩》，其二即這本《薇紫欒紅稿》，二者皆可謂「偷閒寫作」。《時代曲紀夢詩》共六十二篇，各篇皆為千餘字的隨筆，冠以七絕一首，於二〇一八年十二月廿日動筆，二〇一九年一月廿日停筆，前後剛好一整月。而《薇紫欒紅稿》的結集則出於友人建議，所謂紫薇、紅欒，純以「應物斯感」為座標而已。

我平素對己作無甚「愛惜羽毛」之感，這些年來在臉書即興作舊體詩、紀錄日常生活的習慣，先後得到曾永義教授、張高評教授諸師長的鼓勵。我臉書上的友人以現實生活的師友、學生為主，一般都知根知底；但大家地區、背景各各不同，令我發言格外謹慎──語言打磨也可算是自我訓練的一種吧。可是謹慎並非和稀泥的同義詞，故而二〇一四年起，我在創作「雅正」的詩詞之餘，也開始白話舊體詩和散曲的塗鴉。當時剛剛自臺返港的鄭吉雄老師對我的粵語七律頗為垂青，江弱水師兄特別喜愛我的叨叨令，精研廖恩燾《嬉笑集》的卜永堅師兄更建議我將粵語詩作結集出版。師友們的支持，令我有了將這個習慣維持下去的勇氣。在我看來，只要語言、格律拿捏得當，以白話為底色一定程度確能拓寬舊體詩在主題、內容和情調方面的選項，比「擬古」來得更有意義，因此創作數量也漸多。不過，我一向覺得自己詩藝未精，拙作不堪禍棗災梨；而「正經」的詩集未出，先出「打油」集，只恐益發貽人口實。總而言之，舊體詩集一向未曾列入我的編印計劃之內。然而離臺之際，不止一位友人建議我把研修假期的詩詞曲作結集成書，既誌因緣、且資留念。我自忖臺北一年，詩藝

夢也何曾有町畦

無甚長進，文學上羌無比興之義、不登大雅之堂，但作為斷爛日記似乎還差強人意；何況大多數作品都有引子，當成一本雜文集也無不可——所謂「縱無甚文學價值，尚略有文獻價值」，因此也就「從善如流」了。若仍有朋友質疑雅正不足，我只好姑援春秋家之說為喻曰：「只要有『君子曰』，就當左丘明有解經之意罷！」

最後，謹向拙稿內外給我關懷與靈觸的師友——包括為拙稿賜序、見證了臺北假期許多片段的鄭吉雄老師、范宜如學姐、長谷部剛仁兄，表達謝悃。姑以一律作結曰：

　　　　一覺蘧然隔曉雞。欒紅薇紫自天倪。
　　　　渾忘員嶠秋徂夏，總在趙州東院西。
　　　　大道汎分隨恍惚，是心愧矣即菩提。
　　　　生涯若說皆如夢，夢也何嘗有町畦。

陳煒舜於沙田壹言齋
二〇二〇年九月三日

文化生活叢書・詩文叢集 1301051

薇紫欒紅稿——臺北研修年假雜詠

作　　者	陳煒舜
責任編輯	宋亦勤

發 行 人	林慶彰
總 經 理	梁錦興
總 編 輯	張晏瑞
編 輯 所	萬卷樓圖書股份有限公司
	臺北市羅斯福路二段 41 號 6 樓之 3
	電話 (02)23216565
	傳真 (02)23218698

發　　行	萬卷樓圖書股份有限公司
	臺北市羅斯福路二段 41 號 6 樓之 3
	電話 (02)23216565
	傳真 (02)23218698
	電郵 SERVICE@WANJUAN.COM.TW
香港經銷	香港聯合書刊物流有限公司
	電話 (852)21502100
	傳真 (852)23560735

ISBN 978-986-478-377-9
2020 年 9 月初版
定價：新臺幣 280 元

如何購買本書：

1. 劃撥購書，請透過以下郵政劃撥帳號：
   帳號：15624015
   戶名：萬卷樓圖書股份有限公司
2. 轉帳購書，請透過以下帳戶
   合作金庫銀行 古亭分行
   戶名：萬卷樓圖書股份有限公司
   帳號：0877717092596
3. 網路購書，請透過萬卷樓網站
   網址 WWW.WANJUAN.COM.TW

大量購書，請直接聯繫我們，將有專人為
您服務。客服：(02)23216565 分機 610

國家圖書館出版品預行編目資料

薇紫欒紅稿——臺北研修年假雜詠/ 陳煒舜
著. -- 初版. -- 臺北市 ： 萬卷樓, 2020.09

　面；　公分. -- (文化生活叢書. 詩文叢集 ；
1301051)

ISBN 978-986-478-377-9(平裝)

848.7　　　　　　　　　　109013760